U0958929

雅舍谈吃

梁实秋／著

北方文艺出版社

图书在版编目（CIP）数据

雅舍谈吃 / 梁实秋著 . -- 哈尔滨 : 北方文艺出版社 , 2018.1

ISBN 978-7-5317-3917-3

Ⅰ . ①雅… Ⅱ . ①梁… Ⅲ . ①散文集 – 中国 – 现代
Ⅳ . ① I266

中国版本图书馆 CIP 数据核字（2017）第 150514 号

雅舍谈吃
Yashe Tanchi

作 者 / 梁实秋

责任编辑 / 富翔强　张贺然
装帧设计 / 博鑫设计

出版发行 / 北方文艺出版社
网 址 / www.bfwy.com
邮 编 / 150080
经 销 / 新华书店
地 址 / 黑龙江现代文化艺术产业园 D 栋 526 室

印 刷 / 北京凯达印务有限公司
开 本 / 787×1092　1/32
字 数 / 70 千
印 张 / 9.5
版 次 / 2018 年 1 月第 1 版
印 次 / 2018 年 1 月第 1 次印刷

书 号 / ISBN 978-7-5317-3917-3
定 价 / 39.80 元

目录

熘黄菜

黄菜指鸡蛋。北平人常避免说蛋字，因为它不雅，我也不知为什么不雅。“木樨”“芙蓉”“鸡子儿”都是代用词。更进一步“鸡”字也忌讳，往往称为“牲口”。

熘黄菜不是炒鸡蛋。北方馆子常用为一道外敬的菜。就如同“三不粘”“炸元宵”之类，作为是奉赠性质。天津馆子最爱外敬，往往客人点四五道菜，馆子就外敬三四道，这样离谱的外敬，虽说不是什么贵重的菜色，也使顾客觉得不安。

熘黄菜是用猪油做的，要把鸡蛋黄制成糊状，故曰熘。蛋黄糊里加荸荠丁，表面撒一些清酱肉或火腿屑，

溜黄菜

用调羹舀来吃，色香味俱佳。家里有时宴客，如果做什么芙蓉干贝之类，专用蛋白，蛋黄留着无用，这时候就可以考虑做一盆熘黄菜了。馆子里之所以常外敬熘黄菜，可能也是剩余的蛋黄无处打发，落得外敬做人情了。

我家里试做好几次熘黄菜都失败了，炒出来是一块块的，不成糊状。后来请教一位亲戚，承她指点，方得诀窍。原来蛋黄打过加水，还要再加芡粉（多加则稠，少加则稀），入旺油锅中翻搅之即成。凡事皆有一定的程序材料，不是暗中摸索所能轻易成功的。

自从试做成功，便常利用剩余的蛋黄炮制。直到有一天我胆结石症发，入院照 × 光，医嘱先吞鸡蛋黄一枚，我才知道鸡蛋黄有什么作用。原来蛋黄几乎全是脂肪，生吞下去之后胆囊受到刺激，立刻大量放出胆汁，这时候给胆囊照相便照得最清楚。此后我是无胆之人，见了熘黄菜便敬而远之，由有胆的人去享受了。

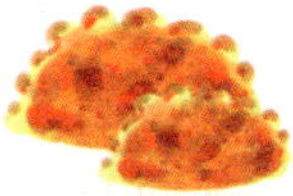

韭菜篓

韭菜是蔬菜中最贱者之一，一年四季到处有之，有一股强烈浓浊的味道，所以恶之者谓之臭，喜之者谓之香。道家列入五荤一类，与葱蒜同科。但是事实上喜欢吃韭菜的人多，而且雅俗共赏。

有一年我在青岛寓所后山坡闲步，看见一伙石匠在凿石头打地基。将近歇晌的时候，有人担了两大笼屉的韭菜馅发面饺子来，揭开笼屉盖热气腾腾，每人伸手拿起一只就咬。一阵风吹来一股韭菜味，香极了。我不由得停步，看他们狼吞虎咽，大约每个人吃两只就够了，因为每只长约半尺。随后又担来两桶开水，大家就用瓢舀着吃。像是《水浒传》中人一般的豪爽。

我从未见过像这一群山东大汉之吃得那样的淋漓尽致。

我们这里街头巷尾也常有人制卖韭菜盒子，大概都是山东老乡。所谓韭菜盒子是油煎的，其实标准的韭菜盒子是干烙的，不是油煎的。不过油煎得黄澄澄的也很好，可是通常馅子不大考究，粗老的韭菜叶子没有细切，而且羼进粉丝或是豆腐渣什么的，味精少不少。中山北路有一家北方馆（天兴楼？）卖过一阵子比较像样的韭菜盒子，干烙无油，可是不久就关张了。天厨点心部的韭菜盒子是出名的，小小圆圆，而不是一般半月形，做法精细，材料考究，也是油煎的。

以上所说都是以韭菜馅为标榜的点心。现在要说东兴楼的韭菜篓。事实上是韭菜包子，而名曰“篓”，当然有其特点。面发得好，洁白无疵，没有斑点油皮。而且捏法特佳，细褶匀称，捏合处没有面疙瘩。最特别的是蒸出来盛在盘里一个个地高壮耸立，不像一般软趴趴的扁包子，底直径一寸许，高几达二寸，像是竹篓似的骨立挺拔，看上去就很美观。我疑心是利用筒状的模型。馅子也讲究，粗大的韭菜叶一概舍去，专选细嫩部分细切，然后拌上切碎了的生板油丁。蒸

韭菜篓

好之后，脂油半融半呈晶莹的碎渣，使得韭菜变得软润合度。像这样的韭菜篓端上一盘，你纵然已有饱意，也不能不取食一两个。

普通人家都会做韭菜篓，只是韭菜馅包子而已。真正够标准的韭菜篓，要让东兴楼独步。

菠　菜

我们常吃的菠菜，非我土产，唐太宗时来自西域。《唐会要》：“太宗时尼波罗国献波棱菜，类红蓝，火熟之，能益食味。”菠菜不但可口，而且富铁质。

前几年电视曾上映的卡通片《大力水手》，随身法宝便是一罐菠菜。吞下菠菜之后，他的细瘦的两臂立即肌肉突起，力大无穷，所向披靡。为什么形容菠菜有此奇效？原因是，美国的孩子们吃惯牛奶、牛肉、糖果，怕吃蔬菜。美国人又不善于烹制蔬菜，他们常吃的菠菜是冰冻的菠菜泥。即使是新鲜菠菜，也要煮得稀巴烂。孩子们视菠菜如畏途。所以才有“大力水手”的出现，意在诱使孩子吃菠菜。我们吃菠菜，无论是煮是炒，都要半生半熟不失其脆。放在火锅里，一汆即可。凡是蔬菜都不宜烧得太熟。

在北方，到了菠菜旺季，家家都大量购买菠菜，往往是一买就是半小车子。吃法很多，凉拌菠菜就很爽口，菠菜微煮，立即取出细切，俟凉浇上三合油，再加芝麻酱（稀释过的）及芥末。再则烩酸菠菜也是家常菜之一，菠菜下锅煮，半熟，投入一些猪肉丝，肉丝一变色就注入芡粉汁使之稠和，再加适量的醋，最后撒上胡椒粉；菠菜的颜色略变，不能保持原有的绿色，但是酸溜溜、辣兮兮，不失为一碗别具风味的汤菜。

顿顿吃菠菜，吃久了也腻。北平俗语，吃菠菜太多会把脑门儿吃绿！吃豆腐太多会把两腿吃软！这当然是笑话。菠菜可以晒干，储留过冬。做干菠菜都是拣大棵的去晒。做馅吃是很有味的，如同干扁豆荚一样。

菠菜

龙须菜

我小时候没吃过龙须菜，稍长吃过外国罐头装的龙须菜，遂以为龙须菜全是舶来品。但是《本草纲目》明明记载着：“龙须菜，生东南海边石上。丛生无枝，叶状如柳根须，长者余尺，白色，以醋浸食之，和肉蒸食亦佳。”现在则龙须菜几乎到处皆有，粗长茎白者，嫩绿细芽者，无不俱备，好像不仅在东南海滨始有生产。

最早吃到龙须菜是在西餐中，后来在中餐的席面上也看到龙须菜配鲍鱼片，算是一道相当出色的冷盘双拼，都是罐头货。

在上海初次尝到火腿丝炒新鲜龙须菜，嫩嫩的细细的绿绿的龙须菜配上红红的火腿丝，色彩鲜明，其

龙须菜

味奇佳。这种新鲜的嫩绿龙须菜，和罐头龙须菜不同，不但颜色不同，味亦不同，而且稍加剔除就没有嚼不动的纤维。

罐头龙须菜至少有三分之一的部分是纤维，但是罐头龙须菜有一特殊吃法，甚为佳妙。北平的东兴楼、致美斋都有“糟鸭泥烩龙须”一道名菜。糟鸭片是很好的一道冷荤，糟鸭之头头脑脑的零碎肉正好加以利用，切碎之后再细剁成泥，用以烩切成段的龙须菜，两种美味的混合乃成异味。

笋

我们中国人好吃竹笋。《诗·大雅·韩奕》：“其蔌维何，维笋及蒲。”可见自古以来，就视竹笋为上好的蔬菜。唐朝还有专员管理植竹，《唐书·百官志》：“司竹监掌植竹苇，岁以笋供尚食。”到了宋朝的苏东坡，初到黄州立刻就吟出“长江绕郭知鱼美，好竹连山觉笋香”之句，后来传诵一时的“无竹令人俗，无肉使人瘦。若要不俗也不瘦，餐餐笋煮肉。”更是明白表示笋是餐餐所不可少的。不但人爱吃笋，熊猫也非吃竹枝竹叶不可，竹林若是开了花，熊猫如不迁徙便会饿死。

笋，竹萌也。竹类非一，生笋的季节亦异，所以笋也有不同种类。苦竹之笋当然味苦，但是苦的程度

笋

不同。太苦的笋难以入口，微苦则亦别有风味，如食苦瓜、苦菜、苦酒，并不嫌其味苦。苦笋先煮一过，可以稍减苦味。苏东坡是吃笋专家，他不排斥苦笋，有句云："久抛松菊犹细事，苦笋江豚哪忍说？"他对苦笋还念念不忘呢。黄鲁直曾调侃他："公如端为苦笋归，明日春衫诚可脱。"为了吃苦笋，连官都可以不做。我们在台湾夏季所吃到的鲜笋，非常脆嫩，有时候不善挑选的人也会买到微带苦味的。好像从笋的外表形状就可以知道其是否是苦笋。

春笋不但细嫩清脆，而且样子也漂亮。细细长长的，洁白光润，没有一点瑕疵。春雨之后，竹笋骤发，水分充足，纤维特细。古人形容妇女手指之美常曰春笋。"秋波浅浅银灯下，春笋纤纤玉镜前。"（《剪灯余话》）。这比喻不算夸张，你若是没见过春笋一般的手指，那是你所见不广。春笋怎样做都好，煎炒煨炖，无不佳妙。油焖笋非春笋不可，而春笋季节不长，故罐头油焖笋一向颇受欢迎，唯近制多粗制滥造耳。

冬笋最美。杜甫《发秦州》："密竹复冬笋。"好像是他一路挖冬笋吃。冬笋不生在地面，冬笋是藏在土里，需要掘出来。因其深藏不露，所以质地细密。北方竹子少，冬笋是外来的，相当贵重。在北平馆子里叫一盘“炒二冬”（冬笋冬菇）就算是好菜。东兴楼的“虾子烧冬笋”，春华楼的“火腿煨冬笋”，都是名菜。过年的时候，若是以一蒲包的冬笋一蒲包的黄瓜送人，这份礼不轻，而且也投老饕之所好。我从小最爱吃的一道菜，就是冬笋炒肉丝，加一点韭黄木耳，临起锅浇一勺绍兴酒，认为那是无上妙品——但是一定要我母亲亲自掌勺。

笋尖也是好东西，杭州的最好。在北平有时候深巷里发出跑单帮的杭州来的小贩叫卖声，他背负大竹筐，有小竹篓的笋尖兜售。他的笋尖是比较新鲜的，所以还有些软。肉丝炒笋尖很有味，羼在素什锦或烤麸之类里面也好，甚至以笋尖烧豆腐也别有风味。笋尖之外还有所谓“素火腿”者，是大片的制炼过的干笋，黑黑的，可以当作零食啃。

究竟笋是越新鲜越好。有一年我随舅氏游西湖，在灵隐寺前面的一家餐馆进膳，是素菜馆，但是一盘冬菇烧笋真是做得出神入化，主要的是因为笋新鲜。

前些年一位朋友避暑上狮头山住最高处一尼庵，贻书给我说：“山居多佳趣，每日素斋有新砍之笋，味绝鲜美，盍来共尝？”我没去，至今引以为憾。

关于冬笋，台南陆国基先生赐书有所补正，他说：“‘冬笋不生在地面，冬笋是藏在土里’这两句话若改作‘冬笋是生长在土里’，较为简明。兹将冬笋生长过程略述于后。我们常吃的冬笋为孟宗竹笋（台湾建屋搭鹰架用竹），是笋中较好吃的一种，隔年初秋，从地下茎上发芽，慢慢生长，至冬天已可挖吃。竹的地下茎，在土中深浅不一，离地面约十公分所生竹笋，其尖（芽）端已露出土壤，笋箨呈青绿。离地面约尺许所生竹笋，冬天尚未露出土表，观地面隆起，布有新细缝者，即为竹笋所在。用锄挖出，笋箨淡黄。若离地面一尺以下所生竹笋，地表无迹象，殊难找着。要是掘笋老手，观竹枝开展，则知地下茎方向，亦可挖到竹笋。至春暖花开，雨水充足，深土中竹笋迅速伸出地面，即称春笋。实际冬笋春笋原为一物，只是出土有先后，季节不同。所有竹笋未出地面都较好吃，非独孟宗竹为然。”附此致谢。

酱　菜

抗战时我和老向在后方，我调侃他说：“贵地保定府可有什么名产？”他说：“当然有。保定府，三宗宝，铁球、酱菜、春不老。”他并且说将来有机会必定向我献宝，让我见识见识。抗战胜利还乡，他果然实践诺言，从保定到北平来看我，携来一对铁球（北方老人喜欢放在手里揉玩的玩意儿），一篓酱菜，春不老因不是季节所以不能带。铁球且不说，那篓酱菜我起初未敢小觑，胜地名产，当有可观。油纸糊的篓子，固然简陋，然凡物不可貌相。打开一看，原来是什锦酱菜，萝卜、黄瓜、花生、杏仁都有。我捏一块放进嘴里，哇，比北平的大腌萝卜“棺材板”还咸！

北平的酱菜，妙在不太咸，同时又不太甜。粮食店的六必居，因为匾额是严嵩写的（三个大字确是写得好），格外的有号召力，多少人跑老远的路去买他的酱菜。我个人的经验是，盛名之下，其实难副。铁门也有一家酱园，名震遐迩，也没有什么特殊。倒是金鱼胡同市场对面的天义顺，离我家近，货色新鲜。

酱菜的花样虽多，要以甜酱萝卜为百吃不厌的正宗。这种萝卜，细长质美，以制酱菜恰到好处。他处的萝卜嫌水分太多，质地不够坚实，酱出来便不够脆，不禁咀嚼。可见一切名产，固有赖于手艺，实则材料更为重要。甘露，作螺蛳状，清脆可口，是别处所没有的。

有两样酱菜，特别宜于作烹调的配料。一个是酱黄瓜炒山鸡丁。过年前后，野味上市，山鸡（即雉）最受欢迎，那彩色的长尾巴就很好看。取山鸡胸肉切丁，加进酱黄瓜块大火爆炒，临起锅时再投入大量的葱块，浇上麻油拌匀。炒出来鸡肉白嫩，羼上酱黄瓜又咸又甜的滋味，是年菜中不可少的一味，要冷食。北地寒，炒一大锅，经久不坏。

酱菜

另一味是酱白菜炒冬笋。这是一道热炒。北方的白菜又白又嫩。新从酱缸出来的酱白菜，切碎，炒冬笋片，别有风味，和雪里蕻炒笋、荠菜炒笋、冬菇炒笋迥乎不同。

日本的酱菜，太咸太甜，吾所不取。

茄 子

北方的茄子和南方的不同，北方的茄子是圆球形，稍扁，从前没见过南方那种细长的茄子。形状不同且不说，质地也大有差异。北方经常苦旱，蔬果也就不免缺乏水分，所以质地较为坚实。

“烧茄子”是北方很普通的家常菜。茄子不需削皮，切成一寸多长的块块，用力在无皮处划出纵横的刀痕，像划腰花那样，划得越细越好，入油锅炸。茄子吸油，所以锅里油要多，但是炸到微黄甚至微焦，则油复流出不少。炸好的茄子捞出，然后炒里脊肉丝少许，把茄子投入翻炒，加酱油，急速取出盛盘，上面撒大量的蒜末。味极甜美，送饭最宜。

茄子

我来到台湾，见长的茄子，试做烧茄，竟不成功。因为茄子水分太多，无法炸干，久炸则成烂泥。客家菜馆也有烧茄，烧得软软的，不是味道。

在北方，茄子价廉，吃法亦多。“熬茄子”是夏天常吃的，煮得相当烂，蘸醋蒜吃。不可用铁锅煮，因为容易变色。

茄子也可以凉拌，名为“凉水茄”。茄煮烂，捣碎，煮时加些黄豆，拌匀，浇上三合油，俟凉却，加上一些芫荽即可食，最宜暑天食。放进冰箱冷却更好。

如果切茄成片，每两片夹进一些肉末之类，裹上一层面糊，入油锅炸之，是为“茄子盒”，略似炸藕盒的风味。

吃炸酱面，茄子也能派上用场。拌面的时候如果放酱太多，则过咸，太少则无味。切茄子成丁，如骰子般大，入油锅略炸，然后羼入酱中，是为“茄子炸酱”，别有一番滋味。

萝卜汤的启示

抗战时我初到重庆，暂时下榻于上清寺一位朋友家。晚饭时，主人以一大钵排骨萝卜汤飨客，主人谦逊地说："这汤不够味。我的朋友杨太太做的排骨萝卜汤才是一绝，我们无论如何也仿效不来。你去一尝便知。"杨太太也是我的熟人，过几天她邀我们几个熟人到她家去餐叙。

席上果然有一大钵排骨萝卜汤。揭开瓦钵盖，热气冒三尺。每人舀了一小碗。喔，真好吃。排骨酥烂而未成渣，萝卜煮透而未变泥，汤呢？热、浓、香、稠。大家都吃得直吧嗒嘴。少不得人人要赞美一番，并且异口同声地向主人探询，做这一味汤有什么秘诀。加多少水，煮多少时候，用文火，用武火？主人只是咧着嘴笑，支支吾吾地说："没什么，没什么，这种家常菜其实上不得台面，不成敬意。"客人们有一点失望，难道说这其间还有什么职业的秘密不成，你不肯说也就罢了。这时节，一位心直口快的朋友开腔了，他说："我来宣布这个烹调的秘诀吧！"大家都注意倾听，他不慌不忙地说："道理很简单，多放排骨，少加萝卜，少加水。"也许他说的是实话，实话往往可笑。于是座上泛起了一阵轻微的笑声。主人顾左右而言他。

宴罢，我回到上清寺朋友家。他问我方才席上所宣布的排骨萝卜汤秘诀是否可信，我说："不妨一试。多放排骨，少加萝卜，少加水。"当然，排骨也有成色可分，需要拣上好的，切萝卜的刀法也有讲究，大小厚薄要适度，火候不能忽略，要慢火久煨。试验结果，大成功。杨太太的拿手菜，不再是独门绝活。

从这一桩小事，我联想到做文章的道理。文字而掷地作金石声，固非易事，但是要做到言之有物，不令人觉得淡而无味，却是不难办到的。少说废话，这便是秘诀，和汤里少加萝卜少加水是一个道理。

萝卜汤

千里莼羹，末下盐豉

《世说新语·言语》二十六：“有千里莼羹，但未下盐豉耳。”赵璘《因话录》：“千里莼羹，未闻盐与豉相调和，非也。盖末字误书为未。末下乃地名，千里亦地名。此二处产此二物耳。其地今属平江。”今人杨勇《世说新语校笺》页六八：“宋本作‘但未下盐豉耳’。未下，当作‘末下’，‘但’字后人亿增。千里、末下皆地名。”盖亦袭赵璘语，更指但字为亿增耳。赵璘是唐朝人，想见唐写本既有此误，宋本因之耳。

末下即秣陵，可能不误。秣陵是古地名，其地点代有变革，约当今之南京。余曾卜居南京，不闻有特产盐豉。以余所知，杭州豆豉确是甚佳。因思莼羹与

莼菜汤

盐豉可能有涉，但余从先君及舅氏在杭州楼外楼数度品尝莼羹，均是清汤，极为淡雅，似又绝无调合盐豉之可能。古今烹调方法不同耶？抑各地有异耶？疑怀莫释。

宋人黄彻《巩溪诗话》卷九：“千里莼羹，末下盐豉，盖言未受和耳。子美‘豉化莼丝熟’，又‘豉添莼菜紫’。圣俞《送人秀州》云‘剩持盐豉煮紫莼’。鲁直‘盐豉欲催莼菜熟’。“似此唐宋之人亦有习于以盐豉调和莼羹者矣。吾欲起赵璘于地下而质之。

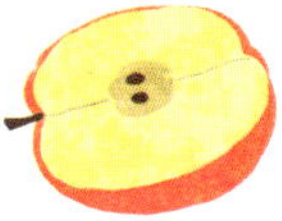

关于苹果

我一向不爱吃苹果，倒不是为了西方人传说夏娃吃了禁果而犯了世世代代的滔天大罪，亚当吞了苹果而卡在喉咙里变成为喉结，因而产生反感。我对这秀色可餐的果实发生反感，是因为幼时在北平只有在过年的时候才有机会亲近它的颜色，年关将届预订的苹果便盛在糊纸的笼筐里挑到了家门，五只成一单位放在高脚锡盘上，佛龛前四盘，祖先牌位前四盘，白里透绿，绿里透红，看得孩子们馋涎欲滴，要等到正月十五撤供，才能每人分上一两只，那时节由于烟熏火燎，早已成为金玉其外败絮其中了！

这种苹果后来好像渐渐被淘汰了。苹果，像许多其他的水果一样，大概不是我们中国固有的。《本草纲目》：“柰与林檎，一类二种，实似林檎而大，一名频婆。”频婆即苹果，是梵语，据西方辞典所载苹果最早见于高加索一带，后来才繁衍至其他各处，传至中国好像是很晚近的事。“柰”字见《说文》，可是柰究竟是否今之苹果，不敢确定，因为这一科的植物品类甚多。看我们国画花卉、蔬果一类，似无苹果，想来大概不是有悠久历史的东西。我后来旅居山东，知道烟台一带产量甚丰，但是色、香、味已非我幼时所见苹果那样，显然是新的外来的品种，有所谓香蕉苹果者，风味特佳。

韩国的苹果，大而无味。我在三十年前途经仁川，购得一篓，携归船上，码头上恶少成群，公然攫夺，到得船上只剩了半篓。这是韩国给我的小小印象之一。

苹果传到美国不到两百年。约翰·查普曼（1774—1845）绰号“苹果种子先生”，他推广苹果的种植近于狂热。现在华盛顿州雅奇玛一带是美国盛产苹果的地区之一，已有一百年历史。果熟时来不及摘取，常有大批的墨西哥人以较低工资前去应雇。顾客自行动

苹果

手摘取，亦在欢迎之列。苹果种类多达三千，最著者则不外红黄两种，品质佳者甜脆多汁，入口稍加咀嚼即有浆汁汩汩下咽。遇到苹果园主人制作苹果汁，则常被邀饮，浓浓的、浑浑的、甜甜的，那风味不是瓶装罐头可以比的。苹果产量太多，所以商人就捏造了一句箴言“日食苹果一个，医生不需看我”，上口合辙，居然腾播于众人之口。其实这只是商业广告的噱头，毫无事实根据。一个中等大小的苹果，平均重量为一百五十克，其中所含之维生素C不过三毫克，中号一百八十克的柑橘所含之维生素C为六十毫克，相差不可以道里计。苹果对人健康之主要贡献乃其纤维质，有清肠之功，然此种纤维质在杂粮、蔬菜之中所在皆是。

低徊于苹果树下，不禁忆起儿童读物中所描述的牛顿。牛顿二十四岁时在苹果树下，看见苹果落地（说得更戏剧化一些则是苹果正好打在他的头上），于是顿悟，悟出了万有引力的道理，其实这是误会。科学上的一项重要原理，焉能于无意中得之，天下哪有这样便宜的事？牛顿在看到苹果落地以前，早已在穷搜冥讨，考虑月亮、地球及其他星体运转的问题，他早已有所发现，看到苹果落地不过给了他灵感，他从而获得新的印证而已。否则，落地者岂止苹果，看到苹果落地者又岂止牛顿一人？

那棵苹果树早已死了，好事者把那棵树的木头一块块地锯下来，高价出售，作为纪念品。

酸梅汤与糖葫芦

夏天喝酸梅汤，冬天吃糖葫芦，在北平是各阶级人人都能享受的事。不过东西也有精粗之别。琉璃厂信远斋的酸梅汤与糖葫芦，特别考究，与其他各处或街头小贩所供应者大有不同。

徐凌霄《旧都百话》关于酸梅汤有这样的记载：

> 暑天之冰，以冰梅汤为最流行，大街小巷，干鲜果铺的门口，都可以看见“冰镇梅汤”四字的木檐横额。有的黄底黑字，甚为工致，迎风招展，好似酒家的帘子一样，使过往的热人，望梅止渴，富于吸引力。昔年京朝大老，贵客

雅流，有闲工夫，常常要到琉璃厂逛逛书铺，品品古董，考考版本，消磨长昼。天热口干，辄以信远斋梅汤为解渴之需。

信远斋铺面很小，只有两间小小门面，临街是旧式玻璃门窗，拂拭得一尘不染，门楣上一块黑漆金字匾额，铺内清洁简单，道地北平式的装修。进门右手方有黑漆大木桶一，里面有一大白瓷罐，罐外周围全是碎冰，罐里是酸梅汤，所以名为“冰镇”。北平的冰是从什刹海或护城河挖取藏在窖内的，冰块里可以看见草皮木屑，泥沙秽物更不能免，是不能放在饮料里喝的。什刹海会贤堂的名件“冰碗”，莲蓬、桃仁、杏仁、菱角、藕都放在冰块上，食客不嫌其脏，真是不可思议。有人甚至把冰块放在酸梅汤里！信远斋的冰镇就高明多了。因为桶大罐小冰多，喝起来凉沁脾胃。他的酸梅汤的成功秘诀，是冰糖多、梅汁稠、水少，所以味浓而酽。上口冰凉，甜酸适度，含在嘴里如品纯醪，舍不得下咽。很少人能站在那里喝那一小碗而不再喝一碗的。抗战胜利还乡，我带孩子们到信远斋，我准许他们能喝多少碗都可以。他们连尽七碗方始罢休。我每次去喝，不是为解渴，是为解馋。我不知道为什么没有人动脑筋把信远斋的酸梅汤制为罐头行销各地，而一任“可口可乐”到处猖狂。

信远斋也卖酸梅卤、酸梅糕。卤冲水可以制酸梅汤，但是无论如何不能像站在那木桶旁边细啜那样有味。我自己在家也曾试做，在药铺买了乌梅，在干果铺买了大块冰糖，不惜工本，仍难如愿。信远斋掌柜姓萧，一团和气，我曾问他何以仿制不成，他回答得很妙：“请您过来喝，别自己费事了。”

信远斋也卖蜜饯、冰糖子儿、糖葫芦。以糖葫芦为最出色。北平糖葫芦分三种。一种用麦芽糖，北平话是糖稀，可以做大串山里红的糖葫芦，可以长达五尺多，这种大糖葫芦，新年厂甸卖的最多。麦芽糖裹水杏儿（没长大的绿杏），很好吃，做糖葫芦就不见佳，尤其是山里红常是烂的或是带虫子屎。另一种用白糖和了粘上去，冷了之后白汪汪的一层霜，另有风味。正宗是冰糖葫芦，薄薄一层糖，透明雪亮。材料种类甚多，诸如海棠、山药、山药豆、杏干、葡萄、橘子、

酸梅汤与糖葫芦

荸荠、核桃，但是以山里红为正宗。山里红，即山楂，北地盛产，味酸，裹糖则极可口。一般的糖葫芦皆用半尺来长的竹签，街头小贩所售，多染尘沙，而且品质粗劣。东安市场所售较为高级。但仍以信远斋所制为最精，不用竹签，每一颗山里红或海棠均单个独立，所用之果皆硕大无疵，而且干净，放在垫了油纸的纸盒中由客携去。

离开北平就没吃过糖葫芦，实在想念。近有客自北平来，说起糖葫芦，据称在北平这种不属于任何一个阶级的食物几已绝迹。他说我们在台湾自己家里也未尝不可试做，台湾虽无山里红，其他水果种类不少，蘸了冰糖汁，放在一块涂了油的玻璃板上，送入冰箱冷冻，岂不即可等着大嚼？他说他制成之后将邀我共尝，但是迄今尚无下文，不知结果如何。

核桃腰

偶临某小馆，见菜牌上有核桃腰一味，当时一惊，因为我想起厚德福名菜之一的核桃腰。由于好奇，点来尝尝。原来是一盘炸腰花，拌上一些炸核桃仁。软炸腰花当然是很好吃的一样菜，如果炸的火候合适。炸核桃仁当然也很好吃，即使不是甜的也很可口。但是核桃仁与腰花杂放在一个盘子里则似很勉强。一软一脆，颇不调和。

厚德福的核桃腰，不是核桃与腰合一炉而治之；这个名称只是说明这个腰子的做法与众不同，吃起来有核桃滋味或有吃核桃的感觉。腰子切成长方形的小块，要相当厚，表面上纵横划纹，下油锅炸，火候必

核桃腰

须适当，油要热而不沸，炸到变黄，取出蘸花椒盐吃，不软不硬，咀嚼中有异感，此之谓核桃腰。

一般而论，北地餐馆不善治腰。所谓炒腰花，多半不能令人满意，往往是炒得过火而干硬，味同嚼蜡。所以有些馆子特别标明南炒腰花，南炒也常是虚有其名。炝腰片也不如一般川菜馆或湘菜馆之做得软嫩。炒虾腰本是江浙馆的名菜，能精制细做的已不多见，其他各地餐馆仿制者则更不必论。以我个人经验，福州馆子的炒腰花最擅胜场。腰块切得大大的、厚厚的，略划纵横刀纹，做出来其嫩无比，而不带血水。勾汁也特别考究，微带甜意。我猜想，可能腰子并未过油，而是水氽，然后下锅爆炒勾汁。这完全是灶上的火候功夫。此间的闽菜馆炒腰花，往往是粗制滥造，略具规模，而不禁品尝，脱不了“匠气”。有时候以海蜇皮垫底，或用回锅的老油条垫底，当然未尝不可，究竟不如清炒。抗战期间，偶在某一位作家的岳丈郑老先生家吃饭，郑先生是福州人，司法界的前辈，雅喜烹调，他的郇公厨所制腰花，做得出神入化，至善至美，一饭至今而不能忘。

核桃酪

玉华台的一道甜汤核桃酪也是非常叫好的。

有一年，先君带我们一家人到玉华台午饭。满满的一桌，祖孙三代。所有的拿手菜都吃过了，最后是一大钵核桃酪，色香味俱佳，大家叫绝。先慈说："好是好，但是一天要卖出多少钵，需大量生产，所以只能做到这个样子，改天我在家里试用小锅制作，给你们尝尝。"我们听了大为雀跃。回到家里就天天缠着她做。

我母亲做核桃酪，是根据她为我祖母做杏仁茶的经验揣摩着做的。我祖母的早点，除了燕窝、哈什玛、莲子等之外，有时候也要喝杏仁茶。街上卖的杏仁茶不够标准，要我母亲亲自做。虽是只做一碗，材料和手续都不能缺少，久之也就做得熟练了。核桃酪和杏仁茶性质差不多。

核桃来自羌胡，故又名胡桃，是张骞时传到中土的，北方盛产。取现成的核桃仁一大捧，用沸水泡。司马光幼时请人用沸水泡，以便易于脱去上面的一层皮，而谎告其姊说是自己剥的，这段故事是大家所熟悉的。开水泡过之后要大家帮忙剥皮的，虽然麻烦，数量不多，顷刻而就。在馆子里据说是用硬毛刷去刷的！核桃要捣碎，越碎越好。

取红枣一大捧，也要用水泡，泡到胀大的地步，然后煮，去皮，这是最烦人的一道手续。枣树在黄河两岸无处不有，而以河南灵宝所产为最佳，枣大而甜。北平买到的红枣也相当肥大，不似台湾这里中药店所卖的红枣那样瘦小。可是剥皮取枣泥还是不简单。我们用的是最简单的笨法，用小刀刮，刮出来的枣泥绝对不带碎皮。

白米小半碗，用水泡上一天一夜，然后捞出来放在捣蒜用的那种较大的缸钵里，用一根捣蒜用的棒槌（当

核桃酪

然都要洗干净使不带蒜味，没有捣过蒜的当然更好），尽力地捣，要把米捣得很碎，随捣随加水。碎米渣滓连同汁水倒在一块纱布里，用力拧，拧出来的浓米浆留在碗里待用。

煮核桃酪的器皿最好是小薄铫。“铫”读如“吊”。《正字通》：“今釜之小而有柄有流者亦曰‘铫’。”铫是泥沙烧成的，质料像砂锅似的，很原始，很粗陋，黑黝黝的，但是非常灵巧而有用，煮点东西不失原味，远较铜锅、铁锅为优，可惜近已淘汰了。

把米浆、核桃屑、枣泥和在一起在小薄铫里煮，要守在一旁看着，防溢出。很快地就煮出了一铫子核桃酪。放进一点糖，不要太多。分盛在三四个小碗（莲子碗）里，每人所得不多，但是看那颜色，微呈紫色，枣香、核桃香扑鼻，喝到嘴里黏糊糊的、甜滋滋的，真舍不得一下子咽到喉咙里去。

栗　子

栗子以良乡的为最有名。良乡县在河北，北平的西南方，平汉铁路线上。其地盛产栗子。然栗树北方到处皆有，固不必限于良乡。

我家住在北平大取灯胡同的时候，小园中亦有栗树一株，初仅丈许，不数年高二丈以上，结实累累。果苞若刺猬，若老鸡头，遍体芒刺，内含栗两三颗。熟时不摘取则自行坠落，苞破而栗出。捣碎果苞取栗，有浆液外流，可做染料。后来我在崂山上看见过巨大的栗子树，高三丈以上，果苞落下狼藉满地，无人理会。

在北平，每年秋节过后，大街上几乎每一家干果子铺门外都支起一个大铁锅，翘起短短的一截烟囱，一个小力巴挥动大铁铲，翻炒栗子。不是干炒，是用沙炒，加上糖使沙结成大大小小的粒，所以叫作糖炒栗子。烟煤的黑烟扩散，哗啦哗啦的翻炒声，间或有栗子的爆炸声，织成一片好热闹的晚秋初冬的景致。孩子们没有不爱吃栗子的，几个铜板买一包，草纸包起，用麻茎儿捆上，热呼呼的，有时简直是烫手热，拿回家去一时舍不得吃完，藏在被窝垛里保温。

煮咸水栗子是另一种吃法。在栗子上切十字形裂口，在锅里煮，加盐。栗子是甜滋滋的，加上咸，别有风味。煮时不妨加些八角之类的香料。冷食热食均佳。

但是最妙的是以栗子做点心。北平西车站食堂是有名的西餐馆。所制“奶油栗子面儿”或称“奶油栗子粉”实在是一绝。栗子磨成粉，就好像花生粉一样，干松松的，上面浇大量奶油。所谓奶油就是打搅过的奶油（whipped cream）。用小勺取食，味妙无穷。奶油要新鲜，打搅要适度，打得不够稠固然不好吃；打过了头却又稀释了。东安市场的中兴茶楼和国强西点铺后来也仿制，工料不够水准，稍形逊色。北海仿膳之栗子面小窝头，我吃不出栗子味。

栗子

杭州西湖烟霞岭下翁家山的桂花是出名的，尤其是满家弄，不但桂花特别的香，而且桂花盛时栗子正熟，桂花煮栗子成了路边小店的无上佳品。徐志摩告诉我，每值秋后必去访桂，吃一碗煮栗子，认为是一大享受。有一年他去了，桂花被雨摧残净尽，他感而写了一首诗《这年头活着不易》。

十几年前在西雅图海滨市场闲逛，出得门来忽闻异香，遥见一意大利人推小车卖炒栗。论个卖——五角钱一个，我们一家六口就买了六颗，坐在车里分而尝之。如今我们这里到冬天也有小贩卖“良乡栗子”了。韩国进口的栗子大而无当，并且糊皮，不足取。

莲　子

有莲花的地方就有莲子。莲子就是莲实，又称莲的或莲菂。《古乐府·子夜夏歌》：“乘月采芙蓉，夜夜得莲子。”

我小时候，每到夏季必侍先君游什刹海。荷塘十里，游人如织。傍晚辄饭于会贤堂。入座后必先进大冰碗，冰块上敷以鲜藕、菱角、桃仁、杏仁、莲子之属。饭后还要擎着几枝荷花莲蓬回家。剥莲蓬甚为好玩，剥出的莲实有好几层皮，去硬皮还有软皮，最后还要剔出莲心，然后才能入口。有一股清香沁人脾胃。胡同里也有小贩吆喝着卖莲蓬的，但是那个季节很短。

到台湾好多年，偶然看到荷花池里的莲蓬，却绝

莲子

少机会吃到新鲜莲子。糖莲子倒是有得吃，中医教我每日含食十枚，有生津健胃之效，后因糖尿病发，糖莲子也只好停食了。

一般酒席上偶然有莲子羹，稀汤寡水一大碗，碗底可以捞上几颗莲子，有时候还夹杂着一些白木耳，三两颗红樱桃。从前吃莲子羹，用专用的小巧的莲子碗，小银羹匙。我祖母常以小碗莲子为早点，有专人伺候，用沙薄铫儿煮，不能用金属锅。煮出来的莲子硬是漂亮。小锅饭和大锅饭不同。

考究一点的酒席常用一道“蜜汁莲子”来代替八宝饭什么的甜食。如果做得好，是很受欢迎的。莲子先用水浸，然后煮熟，放在碗里再用大火蒸，蒸到酥软趴烂近似番薯泥的程度，翻扣在一个大盘里，浇上滚热的蜜汁，表面上加几块山楂糕更好。冰糖汁也行，不及蜜汁香。

莲子品质不同，相差很多。有些莲子格格生生，怎样煮也不烂，是为下品。有些莲子一煮就烂，但是颜色不对，据说是经过处理的，下过苏打什么的，内行人一吃就能分辨出来。大家公认湖南的莲子最好，号称湘莲。我有一年在重庆的“味腴”宴客，在座的有杨绵仲先生，他是湘潭人，风流潇洒，也很会吃。席中有一道蜜汁莲子，很够标准。莲子短粗，白白净净，而且酥软异常。绵仲吃了一匙就说：“这一定是湘莲。”有人说：“那倒也未必。”绵仲不悦，唤了堂倌过来，问：“这莲子是哪里来的？”那傻不愣登的堂倌说：“是莲蓬里剥出来的。”众大笑。绵仲红头涨脸地又问：“你是哪里来的？”他说：“我是本地人。”众又哄堂。

炸活鱼

报载一段新闻：新加坡禁止餐厅制卖一道中国佳肴“炸活鱼”。据云：“这道用‘北平秘方’烹调出来的佳肴，是一位前来访问的中国大陆厨师引进新加坡的。即把一条活鲤，去鳞后，把两鳃以下部分放到油锅中去炸。炸好的鱼在盘中上桌时，鱼还会喘气。”

我不知道北平有这样的秘方。在北平吃“炝活虾”的人也不多。杭州西湖楼外楼的一道名菜“炝活虾”，我是看见过的，我没敢下箸。从前北平没有多少像样的江浙餐馆，小小的五芳斋、大鸿楼之类，偶尔有炝活虾应市，北方人多半不敢领教。但是我见过正阳楼的伙计表演吃活蟹，活生生的一只大蟹从缸里取出，硬把蟹壳揭开，吮吸其中的蟹黄蟹白。蟹的八足两螯乱扎煞！举起一条欢蹦乱跳的黄河鲤，当着顾客面前往地上一摔，摔得至少半死，这是河南馆子的作风，在北平我没见过这种场面。至于炸活鱼，我听都没有听说过。鱼的下半截已经炸熟，鳃部犹在一鼓一鼓地喘气，如果有此可能，看了令人心悸。

我有一次看一家“东洋御料理”的厨师准备一盘龙虾。从水柜中捞起一只懒洋洋的龙虾，并不“生猛”，略加拂拭之后，咔嚓一下的把虾头切下来了，然后剥身上的皮，把肉切成一片片，再把虾头虾尾拼放在盘子里，虾头上的须子仍在舞动。这是东洋御料理。他们“切腹”都干得出来，切一条活龙虾算得什么！

日本人爱吃生鱼，我觉得吃在嘴里，软趴趴的，黏糊糊的，烂糟糟的，不是滋味。我们有时也吃生鱼。西湖楼外楼就有“鱼生”一道菜，取活鱼，切薄片，平铺在盘子上，浇上少许酱油、麻油、料酒，嗜之者觉得其味无穷。云南馆子的过桥米线，少不了一盘生鱼片，广东茶楼的鱼生粥，都是把生鱼片烫熟了吃。君子远庖厨，闻其声不忍食其肉！今所谓“炸活鱼”，乃于吃鱼肉之外还要欣赏其死亡喘息的痛苦表情，诚不知其是何居心。禁之固宜。不过要说这是北平秘方，如果属实，也是最近几十年的新发明。从前的北平人没有这样的残忍。

残酷，野蛮，不是新鲜事。人性的一部分本来是残酷的、野蛮的。我们好几千年的历史就记载着许多残暴不仁的事，诸如汉朝的吕后把戚夫人“断手足，去眼，煇耳，饮喑药，置厕中，称为人彘”，更早的纣王时之“膏铜柱，下加之炭，令有罪者行焉，辄堕炭中，妲己笑，名曰炮烙之刑”。杀人不过头点地，不行，要让他慢慢死，要他供人一笑，这就是人的穷凶极恶的野蛮。人对人尚且如此，对水族的鱼虾还能手下留情？“北平秘方炸活鱼”这种事我宁信其有。生吃活猴脑，有例在前。

西方人的野蛮、残酷一点也不后人。古罗马圆形戏场之纵狮食人，是万千观众的娱乐节目。天主教会之审判异端火烧活人，认为是顺从天意。西班牙人的斗牛，一把把的利剑刺上牛背直到它倒地而死为止，是举国若狂的盛大节目。兽食人，人屠兽，同样的血腥气十足，相形之下炸活鱼又不算怎样特别残酷了。

野蛮、残酷的习性深植在人性里面，经过多年文化陶冶，有时尚不免暴露出来。荀子主性恶，有他一面的道理。他说：“纵性情，安恣睢，而违礼义者为小人。”炸活鱼者，小人哉！

醋熘鱼

清梁晋竹《两般秋雨庵随笔》：西湖醋熘鱼，相传是宋五嫂遗制，近则工料简涩，直不见其佳处。然名留刀匕，四远皆知。番禺方橡枰孝廉恒泰《西湖词》云：

小泊湖边五柳居，当筵举网得鲜鱼。
味酸最爱银刀鲙，河鲤河鲂总不如。

梁晋竹是清道光时人，距今不到二百年，他已感叹当时的西湖醋熘鱼之徒有虚名。宋五嫂的手艺，吾固不得而知，但是七十年前侍先君游杭，在楼外楼尝到的醋熘鱼，仍惊叹其鲜美，嗣后每过西湖辄登楼一膏馋吻。楼在湖边，凭窗可见巨篓系小舟，篓中蓄鱼待烹，固不必举网得鱼。普通选用青鱼，即草鱼，鱼长不过尺，重不逾半斤，宰割收拾过后氽以沸汤，熟即起锅，勾芡调汁，浇在鱼上，即可上桌。

醋熘鱼当然是汁里加醋，但不宜加多，可以加少许酱油，亦不能多加。汁不要多，也不要浓，更不要油，要清清淡淡，微微透明。上面可以略撒姜末，不可加葱丝，更绝对不可加糖。如此方能保持现杀活鱼之原味。

现时一般餐厅，多标榜西湖醋熘鱼，与原来风味相去甚远。往往是浓汁满溢，大量加糖，无复清淡之致。

醋溜鱼
醋

两做鱼

常听人说北方人不善食鱼，因为北方河流少，鱼也就不多。我认识一位蒙古贵族，除了糟熘鱼片之外，从不食鱼；清蒸鲥鱼，干烧鲫鱼，他不屑一顾，他生怕骨鲠刺喉。可是亦不尽然。不久以前我请一位广东朋友吃石门鲤鱼，居然谈笑间一根大刺横鲠在喉，喝醋吞馒头都不收效，只好到医院行手术。以后他大概只能吃“滑鱼球”了。我又有一位江西同学，他最会吃鱼，一见鱼脍上桌便不停下箸，来不及剔吐鱼刺，伸出舌头往嘴边一送，便一根根鱼刺贴在嘴角上，积满一把才用手抹去。可见食鱼之巧拙，与省籍无关，不分南北。

《诗经·陈风》：“岂其食鱼，必河之鲂？”“岂其食鱼，必河之鲤？”“河”就是黄河。鲂味腴美，《本草纲目》说“鲂鱼处处有之”。汉沔固盛产，黄河里也有。鲤鱼就更不必说。跳龙门的就是鲤鱼。冯谖齐人，弹铗叹食无鱼，孟尝君就给他鱼吃，大概就是黄河鲤了。

提起黄河鲤，实在是大大有名。黄河自古时常泛滥，七次改道，为一大灾害，治黄乃成历朝大事。清代置河道总督管理其事，动员人众，斥付巨资，成为大家艳羡的肥缺。从事河工者乃穷极奢侈，饮食一道自然精益求精。于是豫菜乃能于餐馆业中独树一帜。全国各地皆有渔产，松花江的白鱼、津沽的银鱼、近海的石首鱼、松江之鲈、长江之鲥、江淮之鮰、远洋之鲳……无不佳美，难分轩轾。黄河鲤也不过是其中之一。

豫菜以开封为中心，洛阳亦差堪颉颃。到豫菜馆吃饭，柜上先敬上一碗开口汤，汤清而味美。点菜则少不得黄河鲤。一尺多长的活鱼，欢蹦乱跳，伙计当着客人面前把鱼猛掷触地，活活摔死。鱼的做法很多，我最欣赏清炸酱汁两做，一鱼两吃，十分经济。

清炸鱼说来简单，实则可以考验厨师使油的手艺。

两做鱼

使油要懂得沸油、热油、温油的分别。有时候做一道菜，要转变油的温度。炸鱼要用猪油，炸出来色泽好，用菜油则易焦。鱼剖为两面，取其一面，在表面上斜着纵横细切而不切断。入热油炸之，不需裹面糊，可裹芡粉，炸到微黄，鱼肉一块块的裂开，看样子就引人入胜。撒上花椒盐上桌。常见有些他处的餐馆做清炸鱼，鱼的身份是无可奈何的事，只要是活鱼就可以入选了，但是刀法太不讲究，切条切块大小不一，鱼刺亦多横断，最坏的是外面裹了厚厚一层面糊。

两做鱼另一半酱汁，比较简单，整块的鱼嫩熟之后浇上酱汁即可，唯汁宜稠而不粘，咸而不甜。要撒姜末，不需别的作料。

瓦块鱼

严辰《忆京都词》有一首是这样的：

忆京都·陆居罗水族

鲤鱼硕大鲫鱼多，当客击鲜随所欲。

此间俗手昧烹鲜，令人空自羡临渊。

严辰是浙江人，在鱼米之乡居然也怀念北人的烹鲜。故都虽然尝不到黄河鲤，但是北平的河南馆子治鱼还是有独到之处。厚德福的瓦块鱼便是一绝。一块块炸黄了的鱼，微微弯卷作瓦片形，故以为名。上面浇着一层黏稠而透明的糖醋汁，微撒姜末，看那形色就令人馋涎欲滴。

我曾请教过厚德福的陈掌柜，他说得轻松，好像做瓦块鱼没什么诀窍。其实不易。首先选材要精，活的鲤鱼、鲢鱼都可以用，取其肉厚。但是只能用其中段最精的一部分。刀法也有考究，鱼片厚薄适度，去皮，而且尽可能避免把鱼刺切得过分碎断。裹蛋白芡粉，不可裹面糊。温油，炸黄。做糖醋汁，用上好藕粉，比芡粉好看，显着透明，要用冰糖，趁热加上一勺热油，取其光亮，浇在炸好的鱼片上，最后撒上姜末，就可以上桌了。

一盘瓦块鱼差不多快吃完，伙计就会过来，指着盘中的剩汁说："给您焙一点面吧？"顾客点点头，他就把盘子端下去，不大的工夫，一盘像是焦炒面似的东西端上来了。酥、脆、微甜酸，味道十分别致。可是不要误会。那不是面条，面条没有那样细，也没有那样酥脆。那是番薯（即马铃薯）擦丝，然后下油锅炒成的。若不经意，还会以为真是面条呢。

因为瓦块鱼受到普遍欢迎，各地仿制者众，但是很少能达到水准。大凡烹饪之术，各地不尽相同，即

瓦块鱼

以一地而论，某一餐馆专擅某一菜数，亦不容他家效颦。瓦块鱼是河南馆的拿手，而以厚德福为最著；醋熘鱼（即五柳鱼）是南宋宋五嫂五柳居的名菜，流风遗韵一直保存在杭州西湖。《光绪顺天府志》：“五柳鱼，浙江西湖五柳居煮鱼最美，故传名也。今京师食馆仿为之，亦名五柳鱼。”北人仿五柳鱼，犹南人仿瓦块鱼也，不能神似。北人做五柳鱼，肉丝、笋丝、冬菇丝堆在鱼身上，鱼肉硬，全无五柳风味。樊增祥有一首诗《攘蘅招饮广和居即席有作》：

闲里堂堂白日过，与君对酒复高歌。
都京御气横江尽，金铁秋声出塞多。
未信鱼羹输宋嫂，漫将肉饼问曹婆。
百年掌故城南市，莫学桓伊唤奈何。

所谓“未信鱼羹输宋嫂”，是想象之词。百年老店，模仿宋五嫂的手艺，恐怕也是不过尔尔。

黄　鱼

黄鱼，或黄花鱼，正式名称是石首鱼，因为头里有两块骨头其硬如石。我国近海皆有产，金门、澎湖一带的尤其肥大，几乎四季不绝。《本草纲目·集解·志》曰：“石首鱼，出水能鸣，夜视有光，头中有石，如棋子。一种野鸭头中有石，云是此鱼所化。”这是胡扯。黄鱼怎会变野鸭？

黄鱼有一定的汛季，在平津一带，春夏之交是黄鱼上市的时候。到这时候，几乎家家都大吃黄鱼。我家的习惯，是焖煮黄鱼一大锅，加入一些肉片，无数的整颗的大蒜瓣，加酱油，这时节正是我们后院一棵花椒树发芽抽叶的当儿，于是大量采摘花椒芽，投入

黄鱼

锅里一起煮。不分老幼，每人分得两尾，个个吃得笑逐颜开。同时必定备有烙饼，撕碎了蘸着鱼汤吃，美不可言。在台湾随时有黄鱼吃，但是那鲜花椒芽哪里去找？黄鱼汤里煮过的蒜瓣、花椒芽都特别好吃。

北平胡同里卖猪头肉的小贩，口里吆唤着“面筋哟！”他斜背着的红漆木盒里却是猪肠、肝、肚、猪头肉，而你喊他的时候必须是：“卖熏鱼儿的！”因为有时候他确是有熏黄鱼卖。五六寸长的小黄鱼，插在竹签子上，熏得黄黄的，香味扑鼻。因为黄鱼季节短，一年中难得吃到几次这样的熏黄鱼。

黄鱼晒干了就是白鲞。黄鱼的鳔晒干就是所谓“鱼肚”。鱼肚在温油锅里慢慢发开，在凉水里浸，松泡如海绵状，“蟹黄烧鱼肚”是一道名肴。可惜餐馆时常以假乱真，用炸猪肉皮冒充鱼肚，行家很容易分辨。

馆子里做黄鱼，最令我难忘的是北平前门外杨梅竹斜街春华楼所做的松鼠黄鱼。春华楼是比较晚起的江浙馆，我在二十年代期间常去小酌。那地方有一特色，每间雅座都布满张大千的画作。饭前饭后可以赏画。松鼠黄鱼是取尺许黄鱼一尾或两尾，去头去尾复抽出其脊骨。黄鱼本来刺不多，抽掉脊骨便完全是肉了。把鱼扭成麻花形，裹上鸡蛋面糊，下油锅炸，取出浇汁，弯曲之状真有几分像是松鼠。以后在别处吃到的松鼠黄鱼，多半不像松鼠，而且浇上糖醋汁，大为离谱。

此地前些年奎元馆以杭州的黄鱼面为号召，品尝之余大失所望。碗中不见黄鱼。

鱼　翅

鱼翅通常是酒席上的一道大菜。有红烧的，有清汤的，有垫底的（三丝底），有不垫底的。平平浅浅的一大盘，每人轮上一筷子也就差不多可以见底了。我有一位朋友，笃信海味必须加醋，一见鱼翅就连呼侍者要醋，侍者满脸的不高兴，等到一小碟醋送到桌上，盘里的鱼翅早已不见踪影。我又有一位朋友，他就比较聪明，随身自带一小瓶醋，随时掏出应用。

鱼翅就是鲨（鲛）的鳍，脊鳍、胸鳍、腹鳍、尾鳍。外国人是弃置不用的废物，看见我们视为席上之珍，传为笑谈。尾鳍比较壮大，最为贵重，内行人称之为“黄鱼尾”。抗战期间四川北碚厚德福饭庄分号，中了敌机投下的一弹，店毁人亡，调货狼藉飞散，事后捡回物资包括黄鱼尾二三十块，暂时堆放舍下。我欲取食，无从下手。因为鱼翅是干货，发起来好费手脚。即使发得好，烹制亦非易事，火候不足则不烂，火候足可又怕缩成一团。其中有诀窍，非外行所能为。后来我托人把那二三十块鱼翅带到昆明分号去了。

北平饭庄、餐馆鱼翅席上的鱼翅，通常只是虚应故事，选材不佳，火候不到，一根根的脆骨剑拔弩张的样子，吃到嘴里咋咋呼呼。下焉者翅须细小，芡粉太多，外加陪衬的材料喧宾夺主，黏糊糊的像一盘糨糊。远不如到致美斋点一个“砂锅鱼翅“，所用材料虽非上选的排翅，但也不是次货，妙在翅根特厚，味道介乎鱼翅、鱼唇之间，下酒下饭，两极其美。东安市场里的润明楼也有“砂锅翅根”，锅较小，翅根较碎，近于平民食物，比我们台湾食摊上的鱼翅羹略胜一筹而已。唐鲁孙先生是饮食名家，在《吃在北平》文里说：“北方馆子可以说不会做鱼翅，所以也就没有什么人爱吃鱼翅，但是南方人可就不同了，讲究吃的主儿十有八九爱吃翅子，祯元馆为迎合顾客心理，请了一位南方大师傅，擅长烧鱼翅。不久，祯元馆的‘红烧翅根’物美价廉，就大行其道，每天只做五十碗，卖完为止。”确是实情。

最会做鱼翅的是广东人。尤其是广东的富户人家所做的鱼翅。谭组庵先生家的厨师曹四做的鱼翅是出了名的，他的这一项手艺还是来自广东。据叶公超先生告诉我，广东的富户几乎家家拥有三房四妾，每位姨太太都有一两手烹调绝技，每逢老爷请客，每位姨太太亲操刀俎，使出浑身解数，精制一两样菜色，凑起来就是一桌上好的酒席，其中少不了鱼翅、鲍鱼之类。他的话不假，因为番禺叶氏就是那样的一个大户人家。北平的“谭家菜”与谭组庵无关，谭家菜是广东人谭篆青家的菜。谭在平绥路做事。谭家在西单牌楼机织卫，普普通通的住宅房子，院子不大，书房一间算是招待客人的雅座。每天只做两桌菜，约需十天前预定。最奇怪的是每桌要为主人谭君留出次座，表示他不仅是生意人而已，他也要和座上的名流贵宾应酬一番。不过这一规定到了抗战前几年已不再能维持，“谈笑有鸿儒”的场面难得一见了。鱼翅确实是做得出色，

鱼翅

大盘子，盛得满，味浓而不见配料，而且煨得酥烂无比。当时的价钱是百元一桌，也是谭家的姨太太下厨。

吃鱼翅于红烧、清蒸之外还有干炒的一法，名为“木樨鱼翅”余一九四九年夏初履台湾，蒙某公司总经理的“便饭”招待，第一道菜就是“木樨鱼翅”，所谓“木樨”即鸡蛋之别名。撕鱼翅为细丝，裹以鸡蛋拌匀，入油锅爆炒，炒得松松泡泡，放在盘内堆成高高的一个尖塔，每人盛一两饭盘，像吃蛋炒饭一般而大嚼。我吃过木樨鱼翅，没见过这样大量的供应，所以印象很深。

鱼翅产自广东以及日本、印度等处，但是台湾也产鱼翅。大家只知道台湾地区的前镇与茄萣两渔港是捕获乌鱼加工的地方，不知也是鱼翅的加工中心。在那里有大批的煮熟的鱼翅摊在地上晒。大翅一台斤约值五百到一千元。本地菜市场出售的发好了的鱼翅都是本地货。

鲍　鱼

鲍鱼的原义是臭腌鱼。《史记·秦始皇本纪》："会暑，上辒车臭，乃诏从官，令车载一石鲍鱼，以乱其臭。"就是以鲍鱼掩盖尸臭的意思。我现在所要谈的不是这个鲍鱼。

鲍鱼是石决明的俗称。亦称为鳆鱼。鳆实非鱼，乃有介壳之软体动物，常吸着于海水中的礁石之上，赖食藻类为生。壳之外缘有呼吸孔若干列成一排。我们此地所谓"九孔"就是鲍鱼一类。

从前人所谓"如入鲍鱼之肆"，形容其臭不可闻，今则提起鲍鱼无不赏其味美。新鲜的九孔，海鲜店到处有售，其味之鲜美在蚌类之中独树一帜。但是比起

鲍鱼面

晒干了的广东之紫鲍，以及装了罐头的熟鲍鱼，尚不能同日而语。新鲜鲍鱼嫩而香，制炼过的鲍鱼味较厚而醇。

广东烹调一向以红烧鱼翅及红烧鲍脯为号召，确有其独到之处。紫鲍块头很大，厚而结实，拿在手里沉甸甸的。烹制之后，虽然仍有韧性，但滋味非凡，比吃熊掌要好得多。我认识一位广东侨生，带有一些紫鲍，他患癌不治，临终以其所藏剩余之鲍鱼见贻，我睹物伤逝，不忍食之，弃置冰箱经年，终于清理旧物，不得已而试烹制之。也许是发得不好，也许是火候不对，结果是勉强下咽，糟踏了东西。可见烹任一道非力巴所能为。

罐头的鲍鱼，以我所知有日本的和墨西哥的两种，各有千秋。日本的鲍鱼个子小些，颜色淡些，一罐可能有三五个还不止。质地较为细嫩。墨西哥的罐头在美国畅销，品质不齐，有人在标签上可以看出货色的高低，想来是有人粗制滥造冒用名牌。

罐头鲍鱼是熟的，切成薄片是一道上好的冷荤，若是配上罐头龙须菜，便是绝妙的一道双拼。有人好喜欢吃鲍鱼，能迫不及待地打开罐头就用叉子取出一块举着啃，像吃玉米棒子似的一口一口地啃!

鲍鱼切成细丝，加芫荽菜梗，入锅爆炒，是下酒的一道好菜。

鲍鱼切成丁，比骰子稍大一点的丁，加虾子烩成羹，下酒送饭兼宜。

但是我吃鲍鱼最得意的是一碗鲍鱼面。有一年冬天我游沈阳，下榻友人家。我有凌晨即起的习惯，见其厨司老王伏枕呻吟不胜其苦，问其故，知是胃痛，我乃投以随身携带的苏打片，痛立止。老王感激涕零，无以为报，立刻翻身而起，给我煮了一大碗面做早点，仓促间找不到做面的浇头，在主人柜橱里摸索出一罐主人舍不得吃的鲍鱼，不由分说打开罐头把一整罐鲍鱼切成细丝，连原汁一起倒进锅里，煮出上尖儿的一大碗鲍鱼面。这是我一生没有过的豪举，用两片苏打换来一罐鲍鱼煮一碗面！主人起来，只闻得异香满室，后来廉得其情，也只好徒呼负负。

生炒鳝鱼丝

鳝为我国特产。正写是鱓，鳝为俗字。一名曰䱇。《山海经·北山经》：“姑灌之山，湖灌之水出焉，其中多䱇。”鳝鱼各地皆有生产，腹作黄色，故曰黄鳝，浅水泥塘以至稻田，到处都有。

鳝鱼的样子有些可怕，像蛇，像水蛇，遍体无鳞，而又浑身裹着一层黏液，滑溜溜的，因此有人怕吃它。我小时看厨师宰鳝鱼，印象深刻。鳝鱼是放在院中大水缸里的，鳝鱼一条条在水中直立，探头到水面吸空气，抓它很容易，手到擒来。因为它黏，所以要用抹布裹着它才能抓得牢。用一根大铁钉把鳝鱼头部仰着钉牢在砧板上，然后顺着它的肚皮用尖刀直划，取出脏腑，再取出脊骨，皮上黏液当然要用盐搓掉。血淋淋的一道杀宰手续，看得人心惊胆战。《颜氏家训·归心》：“江陵刘氏，以卖鳝羹为业，后生一子，头是鳝，以下方为人耳。”莲池大师《放生文》注：“杭州湖墅于氏者，有邻家被盗，女送鳝鱼十尾，为母问安，蓄瓮中，忘之矣。一夕，梦黄衣尖帽者十人，长跪乞命，觉而疑之，卜诸术人，曰：‘当有生求放耳。’遍索室内，则瓮有巨鳝在焉，数之正十，大惊，放之，时万历九年事也。”信有因果之说，遂作放生之论。但是美味所在，放者自放，吃者自吃。

在北方只有河南餐馆卖鳝鱼。山东馆没有这一项。食客到山东馆子点鳝鱼，是外行。河南馆做鳝鱼，我最欣赏的是生炒鳝鱼丝。鳝鱼切丝，一两寸长，猪油旺火爆炒，加进少许芫荽，另加盐，不需其他任何配料。这样炒出来的鳝鱼，肉是白的，微有脆意，极可口，不失鳝鱼本味。另一做法是黄焖鳝鱼段，切成四方块，加一大把整的蒜瓣进去，加酱油，焖烂，汁要浓。这样做出来的鳝鱼是酥软的，另有风味。

淮扬馆子也善做鳝鱼，其中“炝虎尾”一色极为

生炒鳝鱼丝

佳美。把鳝鱼切成四五寸长的宽条，像老虎尾巴一样，上略宽，下尖细，如果全是截自鳝鱼尾巴，则更妙。以沸汤煮熟之后即捞起，一条条的在碗内排列整齐，浇上预先备好麻油、酱油、料酒的汤汁，冷却后，再撒上大量的捣碎了的蒜（不是蒜泥）。宜冷食。样子有一点吓人，但是味美。至于炒鳝糊，或加粉丝垫底名之为软兜带粉。那鳝鱼虽名为炒，却不是生炒，是煮熟之后再炒，已经十分油腻。上桌之后侍者还要手持一只又黑又脏的搪瓷碗（希望不是漱口杯），浇上一股子沸开的油，嗞啦一声，油直冒泡，然后就有热心人用筷子乱搅拌一阵，还有热心人猛撒胡椒粉。那鳝鱼当中时常羼上大量笋丝、茭白丝之类，有喧宾夺主之势。遇到这种场面，就不能不令人怀念生炒鳝鱼丝了。在万华吃海鲜，有一家招牌大书生炒鳝鱼丝，实际上还是熟炒。我曾问过一家北方名馆主人，为什么不试做生炒鳝丝，他说此地没有又粗又壮的巨鳝，切不出丝。也许他说得对，在市场里是很难遇到够尺寸的黄鳝。

江浙的爆鳝过桥面，令我怀想不置。爆鳝是炸过的鳝鱼条，然后用酱油焖，加相当多的糖。这种爆鳝，非常香脆，以半碟下酒，另半碟连汁倒在面上，香极了。

所说某处有所谓全鳝席，我没有见过这种场面。想来原则上和全鸭席差不多，以各种不同的方式取胜。全鸭席我是见过的——拌鸭掌、糟鸭片、烩鸭条、糟蒸鸭肝、烩鸭胰、黄焖鸭块、姜芽炒鸭片、烩鸭舌，最后是挂炉烧鸭。全鳝席当然也是类似的做法。这是噱头，知味者恐怕未必以为然，因为吃东西如配方，也要君臣佐使，搭配平衡。

海　参

海参不是什么珍贵的东西。但是干货，在烹调之前先要发开。发海参的手续不简单，需要很久时间（现在市场有现成发好的海参，从前是没有的）。所以从前家常菜里没有海参，只有餐馆里或整桌席里才得一见。

我一向以为外国人不吃海参，他们看见我们吃海参，一定以为我们不是嘴馋便是野蛮，连“海胡瓜”都不肯饶。其实是我孤陋寡闻，外国人也吃海参，不过他们的吃法不同。他们吃我们要刮去丢掉的海参里面那一层皮，而我们吃他们所要丢掉的海参外面带刺的厚厚一层胶质。活的海参，我在外国的水族馆里看见过，各种颜色俱备，黑的、白的、棕色的、斑驳的。

鼓鼓囊囊的，不好看。鲜的海参，没吃过。

因为海参并不太珍贵，所以在饭庄子里所谓“海参席”乃是次等的席，次于所谓“鱼翅席”“燕翅席”。在海参席里，海参是主菜，通常是一大盘“趴烂海参”，名为趴烂，其实还是扑棱扑棱的居多。如果用象牙筷子去夹，还不大容易平平安安地夹到嘴边。

餐馆里有一道名菜“红烧大乌”。大乌就是黑色的体积特大的海参，又名“乌参”。上好的海参要有刺，又叫“刺参”。红烧大乌以淮扬馆子做得最好。五十年前北平西长安街一连有十几家大大小小的淮扬馆子，取名都叫什么什么“春”。我记不得是哪一家“春”了，所做红烧大乌特别好。每一样菜都用大小不同的瓷盖碗。这样既可保温又显得美观。红烧大乌上桌，茶房揭开碗盖，赫然两条大乌并排横卧，把盖碗挤得满满的。吃这道菜不能用筷子，要用羹匙，像吃八宝饭似的一匙匙地挑取。碗里没有配料，顶多有三五条冬笋。但是汁浆很浓，里面还羼有虾子。这道菜的妙处，不在味道，而是对我们触觉的满足。我们品尝美味有时兼顾到触觉。红烧大乌吃在嘴里，有滑软细腻的感觉，

海参

不是一味的烂，而是烂中保有一点酥脆的味道。这道菜如果火候不到，则海参的韧性未除，隐隐然和齿牙作对，便非上乘了。我离开北平之后还没尝过标准的海参。

“凉拌海参”又是一种吃法。夏天谁都想吃一点凉的东西，酒席上四个冷荤，其实不冷，不如把四个冷荤免除，换上一大盘凉拌海参。海参煮过冷却，切成长长的细丝，越细越好，放进冰箱待用。另外预备一小碗三合油（即酱油、醋、麻油），一小碗稀释了的芝麻酱，一小碟蒜泥，上桌时把这配料浇在海参上拌匀，既凉且香，非常爽口，比里脊丝拉皮好吃多了。这是我先君传授给我的吃法，屡试皆受欢迎。

佛跳墙

佛跳墙的名字好怪。何物美味竟能引得我佛失去定力跳过墙去品尝？我来台湾以前没听说过这一道菜。

《读者文摘》（一九八三年七月中文版）引载可叵的一篇短文《佛跳墙》，据她说佛跳墙“那东西说来真罪过，全是荤的，又是猪脚，又是鸡，又是海参、蹄筋，炖成一大锅……这全是广告噱头，说什么这道菜太香了，香得连佛都跳墙去偷吃了”。我相信她的话，是广告噱头，不过佛都跳墙，我也一直的跃跃欲试。

同一年三月七日《青年战士报》有一位郑木金先生写过一篇《油画家杨三郎祖传菜名闻艺坛——佛跳墙耐人寻味》，他大致说：“传福州的佛跳墙……在台北各大餐馆正宗的佛跳墙已经品尝不到了。……偶尔在一般乡间家庭的喜筵里也会出现此道台湾名菜，大都以芋头、鱼皮、排骨、金针菇为主要配料。其实源自福州的佛跳墙，配料极其珍贵。杨太太许玉燕花了十多天闲工夫才能做成的这道菜，有海参、猪蹄筋、红枣、鱼翅、鱼皮、栗子、香菇、蹄髈筋肉等十余种昂贵的配料，先熬鸡汁，再将去肉的鸡汁和这些配料予以慢工出细活的好几遍煮法，前后计时将近两星期……已不再是原有各种不同味道，而合为一味。香醇甘美，齿颊留香，两三天仍回味无穷。”这样说来，佛跳墙好像就是一锅煮得稀巴烂的高级大杂烩了。

北方流行的一个笑话，出家人吃斋茹素，也有老和尚忍耐不住想吃荤腥，暗中买了猪肉运入僧房，乘大众入睡之后，纳肉于釜中，取佛堂燃剩之蜡烛头一罐，轮番点燃蜡烛头于釜下烧之。恐香气外溢，乃密封其釜使不透气。一罐蜡烛头于一夜之间烧光，细火久焖，而釜中之肉烂矣，而且酥软味腴，迥异寻常。戏名之为“蜡头炖肉”。这当然是笑话，但是有理。

我没有方外的朋友，也没吃过蜡头炖肉，但是我吃

佛跳墙

过“坛子肉”。坛子就是瓦钵，有盖，平常做储食物之用。坛子不需大，高半尺以内最宜。肉及作料放在坛子里，不需加水，密封坛盖，文火慢炖，稍加冰糖。抗战时在四川，冬日取暖多用炭盆，亦颇适于做坛子肉，以坛置定盆中，烧一大盆缸炭，坐坛子于炭火中而以灰覆炭，使徐徐燃烧，约十小时后炭未尽成烬而坛子肉熟矣。纯用精肉，佐以葱姜，取其不失本味，如加配料以笋为最宜，因为笋不夺味。

“东坡肉”无人不知。究竟怎样才算是正宗的东坡肉，则去古已远，很难说了。幸而东坡有一篇《猪肉颂》：

净洗铛，少著水，
柴头灶烟焰不起。
待他自熟莫催他，
火候足时他自美。
黄州好猪肉，价钱如泥土。
贵者不肯吃，贫者不解煮。
早晨起来打两碗，

饱得自家君莫管。

看他的说法，是晚上煮了第二天早晨吃，无他秘诀，小火慢煨而已。也是循蜡头炖肉的原理。就是坛子肉的别名吧？

一日，唐嗣尧先生招余夫妇饮于其巷口一餐馆，云其佛跳墙值得一尝，乃欣然往。小罐上桌，揭开罐盖热气腾腾，肉香触鼻。是否及得杨三郎先生家的佳制固不敢说，但亦颇使老饕满意。可惜该餐馆不久歇业了。

我不是远庖厨的君子，但是最怕做红烧肉，因为我性急而健忘，十次烧肉九次烧焦，不但糟蹋了肉，而且烧毁了锅，满屋浓烟，邻人以为是失了火。近有所谓电慢锅者，利用微弱电力，可以长时间的煨煮肉类，对于老而且懒又没有记性的人颇为有用，曾试烹近似佛跳墙一类的红烧肉，很成功。

蟹

蟹是美味，人人喜爱，无间南北，不分雅俗。当然我说的是河蟹，不是海蟹。在台湾有人专程飞到香港去吃大闸蟹。好多年前我的一位朋友从香港带回了一篓螃蟹，分飨我两只，得膏馋吻。蟹不一定要大闸的，秋高气爽的时节，大陆上任何湖沼溪流，岸边稻米高粱一熟，率多盛产螃蟹。在北平，在上海，小贩担着螃蟹满街吆唤。

七尖八团，七月里吃尖脐（雄），八月里吃团脐（雌），那是蟹正肥的季节。记得小时候在北平，每逢到了这个季节，家里总要大吃几顿，每人两只，一尖一团。照例通知长发送五斤花雕全家共饮。有蟹无酒，那是大杀风景的事。《晋书·毕卓传》：“右手持酒杯，左手持蟹螯，拍浮酒船中，便足了一生矣！”我们虽然没有那样狂，也很觉得乐陶陶了。母亲对我们说，她小时候在杭州家里吃螃蟹，要慢条斯理，细吹细打，一点蟹肉都不能糟蹋，食毕要把破碎的蟹壳放在戥子上称一下，看谁的一份儿分量轻，表示吃的最干净，有奖。我心粗气浮，没有耐心，蟹的小腿部分总是弃而不食，肚子部分囫囵略咬而已。每次食毕，母亲教我们到后院采择艾尖一大把，搓碎了洗手，去腥气。

在餐馆里吃“炒蟹肉”，南人称蟹粉，有肉有黄，免得自己剥壳，吃起来痛快，味道就差多了。西餐馆把蟹肉剥出来，填在蟹壳里烤，那种吃法别致，也索然寡味。食蟹而不失原味的唯一方法是放在笼屉里整只蒸。在北平吃螃蟹唯一好去处是前门外肉市正阳楼。他家的蟹特大而肥，从天津运到北平的大批蟹，到车站开包，正阳楼先下手挑拣其中最肥大者，比普通摆在市场或摊贩手中者可以大一倍有余，我不知道他是怎样获得这一特权的。蟹到店中蓄在大缸里，浇鸡蛋白催肥，一两天后才应客。我曾掀开缸盖看过，满缸

蟹

的蛋白泡沫。食客每人一份小木槌小木垫，黄杨木制，旋床子定制的，小巧合用，敲敲打打，可免牙咬手剥之劳。我们因是老主顾，伙计送了我们好几副这样的工具。这个伙计还有一样绝活，能吃活蟹，请他表演他也不辞。他取来一只活蟹，两指掐住蟹壳，任它双螯乱舞，轻轻把脐掰开，咔嚓一声把蟹壳揭开，然后扯碎入口大嚼，看得人无不心惊。据他说味极美，想来也和吃炝活虾差不多。在正阳楼吃蟹，每客一尖一团足矣，然后补上一碟烤羊肉夹烧饼而食之，酒足饭饱。别忘了要一碗汆大甲，这碗汤妙趣无穷，高汤一碗煮沸，投下剥好了的蟹螯七八块，立即起锅注在碗内，撒上芫荽末、胡椒粉，和切碎了的回锅老油条。除了这一味汆大甲，没有任何别的羹汤可以压得住这一餐饭的阵脚。以蒸蟹始，以大甲汤终，前后照应，犹如一篇起承转合的文章。

蟹黄、蟹肉有许多种吃法，烧白菜，烧鱼唇，烧鱼翅都可以。蟹黄烧卖则尤其可口，唯必须真有蟹黄、蟹肉放在馅内才好，不是一两小块蟹黄摆在外面做样子的。蟹肉可以腌后收藏起来，是为“蟹胥”，俗名为“蟹酱”，这是我们古已有之的美味。《周礼·天官·庖人》注：“青州之蟹胥”。青州在山东，我在山东住过，却不曾吃过青州蟹胥，但是我有一位家在芜湖的同学，他从家乡带了一小坛蟹酱给我。打开坛子，黄澄澄的蟹油一层，香气扑鼻。一碗阳春面，加进一两匙蟹酱，岂止是“清水变鸡汤”？

海蟹虽然味较差，但是个子粗大，肉多。从前我乘船路过烟台威海卫，停泊之后，舢板云集，大半是贩卖螃蟹和大虾的。都是煮熟了的。价钱便宜，买来就可以吃。虽然微有腥气，聊胜于无。生平吃海蟹最满意的一次，是在美国华盛顿州的安哲利斯港的码头附近，买得两只巨蟹，硕大无朋，从冰柜里取出，却十分新鲜，也是煮熟了的，一家人乘等候轮渡之便，在车上分而食之，味甚鲜美，和河蟹相比各有千秋，这一次的享受至今难忘。

陆放翁诗：“磊落金盘荐糖蟹。”我不知道螃蟹可以加糖。可是古人记载确有其事。《清异录》：“炀帝幸江州，吴中贡糖蟹。”《梦溪笔谈》：“大业中，吴郡贡蜜蟹二千头。……又何胤嗜糖蟹。大抵南人嗜咸，北人嗜甘，鱼蟹加糖蜜，盖便于北俗也。”

如今北人没有这种风俗，至少我没有吃过甜螃蟹，我只吃过南人的醉蟹，真咸！螃蟹蘸姜醋，是标准的吃法，常有人在醋里加糖，变成酸甜的味道，怪！

炝青蛤

北人不大吃带壳的软体动物，不是不吃，是不似南人之普遍嗜食。

沈括《梦溪笔谈》卷二十四："如今之北方人喜用麻油煎物，不问何物，皆用油煎。庆历中，群学士会于玉堂，使人置得生蛤蜊一篑，令饔人烹之，久且不至。客讶之，使人检视，则曰：'煎之已焦黑而尚未烂。'坐客莫不大笑。"沈括，宋时人，当时可能有过这样的一个饔人闹过这样的一个笑话。

北平山东餐馆里，有一道有名的菜"炝青蛤"。所谓青蛤，一寸来长，壳面作淡青色，平滑洁净，肉微呈黄色，在蛤类中比较最具干净相。做法简单，先在沸水中烫过，然后掰开贝壳，一个个的都仰列在盘里，洒上料酒、姜末、胡椒粉，即可上桌，为上好的佐酒之物。另一吃法是做“芙蓉青蛤”，所谓芙蓉就是蒸蛋羹，蒸到半熟时把剥好的青蛤肉摆在表面上，再蒸片刻即得。也有不剥蛤肉，整个青蛤带壳投在蛋里去蒸的。这种带壳蒸的办法，似嫌粗豪，但是也有人说非如此不过瘾。

青蛤在家里也可以吃，手续简单，不过在北方吃东西多按季节。春夏之交，黄鱼、大头鱼上市，也就是吃蛤蜊的旺季。我记得先君在世的时候，照例要到供应水产最为丰富的东单牌楼菜市采购青蛤，一买就是满满一麻袋，足足有好几十斤，几乎一个人都提不动，运回家来供我们大嚼。先是浸蛤于水，过一昼夜而泥沙吐尽。听人说，水里若是滴上一些麻油，则沙吐得更快更干净。我没有试过。蛤虽味鲜，不宜多食，但是我的二姊曾有一顿吃下一百二十个青蛤的纪录。大家这样狂吃一顿，一年之内不作再吃想矣。

在台湾我没有吃到过青蛤。著名的食物“蚵仔煎”，蚵仔是台语，实即牡蛎，亦即蚝。这种东西宁波一带

炝青蛤

盛产。剥出来的肉，名为蛎黄。李时珍《本草纲目》：“南海人，食其肉，谓之蛎黄。”其实蛎黄亦不限于南海。东北人喜欢吃的白肉酸菜火锅，即往往投入一盘蛎黄，使汤味格外鲜美。此地其他贝类，如麻蛤、蚬、海瓜子，大部分都是酱油汤子里泡着，咸滋滋的，失去鲜味不少。蚶子是南方普遍食物，人工培养蚶子的地方名为蚶田。《清一统志》：“莆田县东七十里大海上，有蚶田四百顷。”规模好大！蚶子用开水一烫，掰开加三合油加姜末就可以吃，壳里漾着血水，故名血蚶。我看见那血水，心里不舒服，再想到上海弄堂每天清早刷马桶的人，用竹帚蚶子壳哗啦哗啦搅得震天响，看着蚶子就更不自在了。至于淡菜，一名壳菜，也是浙闽名产，晒干了之后可用以煨红烧肉，其形状很丑，像是晒干了的蝉，又有人想入非非就是像另外一种东西。总之这些贝类都不是北人所易接受的。

美国西海岸自阿拉斯加起以至南加州，海底出产一种巨大的蛤蜊，名曰 geoduck（象拔蚌），很奇怪的当地的人却读如“古异德克”，又名之曰“蛤王”（king clam）。其壳并不太大，大者长不过四五寸许，但是它的肉体有一条长长的粗粗的肉伸出壳外，略有伸缩性，但不能缩进壳里，像象鼻一般，其状不雅，长可达一尺开外，两片硬壳贴在下面形同虚设。这条长鼻肉味鲜美，可以说是美国西海岸食物中的隽品。我曾为文介绍，可是国人旅游美国西部者，搜奇选胜，却很少人尝过古异德克。知音很难，知味亦不易。我初尝异味是在西雅图高叔哿严倚云伉俪府上，这两位都精易牙之术。高先生告诉我，古异德克虽是珍品，而美国人不善处理，较高级餐馆菜单中偶然也列此一味，但是烹制出来，尽管猛加白兰地，不是韧如皮鞋底，就是味同嚼蜡。皆因西人烹调方法，不外油炸、水煮、热烤，就是缺了我们中国的“炒”。他们根本没有炒菜锅。英文中没有相当于“炒”的字，目前一般翻译都作 stir fry（一面翻腾一面煎）。高先生做古异德克是用炒的方法，先把象鼻形的那根肉割下来，其余部分丢弃，用沸水一浇，外表一层粗皱的松皮就容易脱落下来了，然后切成薄片，越薄越好。旺火，沸油，爆炒，加进葱、姜、盐，翻动十来下，熟了，略加玉米粉，使汁稠，趁热上桌。吃起来有广东馆子“炒响螺”的味道，美。

美国人不懂这一套。风行美国各地的“蛤蜊浓汤”（clam chowder）味道不错，里面的番薯、牛奶、面粉大概不少，稠糊糊的，很难发现其中有蛤。现在他们动起“蛤王”的脑筋来了，切碎古异德克制作蛤羹，并且装了罐头，想来风味不恶。

一九八六年五月七日台湾一家报纸刊出一则新闻式的广告，标题是“深海珍品鲍鱼贝——肉质鲜美好口味”。鲍鱼贝的名字起得好，即是古异德克。据说日本在一九七六年引进了鲍鱼贝，而且还生吃。在台湾好像尚未被老饕注意，也许是因为我们的美味种类已经太多了。

贝类之中体积最小者，当推江浙产的“黄泥螺”。这种东西我就从未见过。菁清说她从小就喜欢吃，清粥小菜经常少不了它，有一天她居然在台北一家店里瞥见了一瓶瓶的黄泥螺，像是他乡遇故知一般，扫数买了回来。以后再买就买不到了。据告这是海员偶然携来寄售的。黄泥螺小得像绿豆一般，黑不溜秋的，不起眼，里面的那块肉当然是小得可怜，而且咸得很。

干　贝

干贝应作乾贝，正式名称是江珧柱，亦作江瑶柱。“瑶”亦作“鰩”。一般简写都作干贝了。

干贝是贝属，也就是蚌的一类。软体动物有两片贝壳，薄而大。司贝壳启闭的肉柱二，一在壳之中央，比较粗大，在前方者较小。这肉柱取下晒干便是干贝。

新鲜的江瑶柱，我在大陆没有吃过。在美国东西海岸的海鲜店里，炸江瑶柱是普通的食品之一。美国人吃法简单，许是只会油炸。油炸江瑶柱，块头相当大，裹以面糊，炸得焦焦黄黄的，也很可口。嫩嫩的，不似我们的干贝之愈咀嚼愈有味。

江瑶柱产在何处，我不知道。陆游《老学庵笔记》：

“明州江瑶柱有二种，大者江瑶，小者沙瑶，可种，逾年则成江瑶矣。”明州在今之浙江省。是不是浙江乃产江瑶柱的地方之一？

苏东坡《四月十一日初食荔枝》诗：“似闻江鳐斫玉柱，更喜河豚烹腹腴。”有注：“予尝谓，荔枝厚味高格两绝，果中无比，唯江瑶柱、河豚鱼近之耳。”看这位老饕“吃一看二眼观三”，有荔枝吃，还想到江瑶柱与河豚鱼！他所说的似是新鲜的江瑶柱，不是干贝。

干贝的吃法很多。因是干货，须先发开。用水发不如用黄酒发。最好头一天发，可以发得透。大的干贝好看，但不一定比小的好吃。小的干贝往往味醇而浓。普通的吃法如“干贝萝卜球”，削萝卜球太费事，自己家里做，切条就可以了。“干贝烧菜心”是分别把菜心和干贝烧好，然后和在一起加热勾芡。“芙蓉干贝”是蒸好一碗蛋羹然后把干贝放在上面再蒸，不过发干贝的汤不拘是水是酒要打在蛋里。以上三种吃法，都要把干贝撕碎。其实整个的干贝，如果烧得透，岂不更好？只是多破费一些罢了。我母亲做干贝，拣其大小适度而匀称者，垫以火腿片、冬笋片，及两寸来长的大干虾米若干个，装在一大碗里，注入上好绍兴酒，上笼屉蒸两小时，其味之美无可形容。

干贝

西施舌

郁达夫一九三六年有《饮食男女在福州》一文，记西施舌云：

> 《闽小记》里所说西施舌，不知道是否指蚌肉而言，色白而腴，味脆且鲜，以鸡汤煮得适宜，长圆的蚌肉，实在是色香味形俱佳的神品。

案《闽小记》是清初周亮工宦游闽垣时所做的笔记。西施舌属于贝类，似蛏而小，似蛤而长，并不是蚌。产浅海泥沙中，故一名沙蛤。其壳约长十五公分，作

西施舌

长椭圆形，水管特长而色白，常伸出壳外，其状如舌，故名西施舌。

初到闽省的人，尝到西施舌，莫不惊为美味。其实西施舌并不限于闽省一地。以我所知，自津沽青岛以至闽台，凡浅海中皆产之。

清张焘《津门杂记》录诗一首咏西施舌：

灯火楼台一望开，放杯那惜倒金罍。
朝来饱啖西施舌，不负津门鼓棹来。

诗不见佳，但亦可见他的兴致不浅。

我第一次吃西施舌是在青岛顺兴楼席上，一大碗清汤，浮着一层尖尖的白白的东西，初不知为何物，主人曰是乃西施舌，含在口中有滑嫩柔软的感觉，尝试之下果然名不虚传，但觉未免唐突西施。高汤汆西施舌，盖仅取其舌状之水管部分。若郁达夫所谓“长圆的蚌肉”，显系整个的西施舌之软体全入釜中。现下台湾海鲜店所烹制之西施舌即是整个一块块软肉上桌，较之专取舌部，其精粗之差不可以道里计。郁氏盛誉西施舌之“色、香、味、形”，整个的西施舌则形实不雅，岂不有负其名？

狗　肉

我没吃过狗肉，也从来不想吃。

有人戏言，吃了狗肉之后，见了电线杆子就想跷起腿来。这当然不足信，不过狗有改不了的一种习惯，想起来令人恶心。经过训练的和经常喂得饱饱的那种狗，大概不至于有那种饥不择食的恶习。普通的狗就难说。记得抗战初年，我有一段时间赁居重庆上清寺一个土丘上的一间房屋，屋门外是一间堂屋，房东三餐都在堂屋举行，八仙桌子挤满了人，大大小小祖孙三代，桌下还有一条不大不小的癞皮狗，名叫“汪子”，大概是它爱汪汪叫的缘故。房东一家吃东西很洒脱，嚼不碎的骨头之类，全都随口喷吐，汪子忙得不可开交。

几乎没有例外，小孩子一面吃一面就在洋灰地面上遗矢，汪子会把东一摊西一摊像“熘黄菜”似的东西舐得一干二净！主人无须打扫，狗已代劳。像这样的狗，其肉岂足食乎？人称狗肉为香肉，不知香从何来？

天下之口有同嗜，是真理的一面，另一面是口嗜不同各如其面。秋风起矣，及时进补。基于吃什么补什么的原理，吃猪脑、吃牛鞭、吃羊肝、吃鸳鸯肉……都各有所补。唯独吃狗肉不知是补的哪一门子？古书上不是没有说明，例如，元朝的一位太医忽思慧作《饮膳正要》就说：“犬肉味咸温，无毒，安五脏，补绝伤，益阳道，补血脉，厚肠胃，实下焦，填精髓。”这话是对皇帝说的，谅他不敢乱扯。安五脏，心、肝、肺、脾、肾都管得着，又益阳又补血又滋肠胃，狗肉之益大矣哉！《本草纲目》也说，犬之用有三，其一为“食犬，体肥供馔。”狗是给人吃的，六畜里有它，五畜里也有它。而且自古以来，“月令言食犬，燕礼言烹狗”。狗肉上得台面。就是屠狗养母也不失为事亲之一道，史记刺客传，客劝聂政“为狗屠，可以旦夕得甘毳以养亲”。孟子说：“鸡豚狗彘之畜，无失其时，七十者可以食

狗肉

肉矣。”好像是老年人非肉不饱，才有资格吃狗肉。总之，狗肉和猪肉、羊肉一样，吃狗肉是我们的传统习惯。

不知什么时候起，吃狗肉之风渐不流行。史记记载樊哙“以屠狗为事”，言其为市井无赖之辈。后汉书二十八将传论谓屠狗者为“轻猾之徒”。屠狗不是体面的事，吃狗肉当然也就不是高雅的事。传说郑板桥嗜狗肉，飨以狗肉则求字求画皆不拒。这究竟是文人怪癖，可资谈助。“挂羊头卖狗肉”之语正足说明狗肉之贱不能与羊肉比。

士各有志。爱吃狗肉者由他吃去，不干别人的事。西方人以为狗乃人类最好的朋友，一听说中国人吃狗肉，便立刻汗毛倒竖，斥中国人为野蛮。其实中国人祭宗庙，奉“羹献”的时候，西方人尚在茹毛饮血，羹献即是犬牲。我们并不是见了狗就嘴馋的民族。狗和人一样的可以分门别类，《本草纲目》于“食犬，体肥供馔”之外，还列有：“甲犬，长喙善猎；吠犬，短喙善守。”行猎守门乃犬的能事，犬当然是人类的朋友，谁也不忍吃它。“狡兔死，走狗烹”是譬喻，猎人从来不会那样的短见，捉完兔子烹狗。不过“体肥供馔”的狗，就另当别论了。三十多年前，我道出广州，在菜市中看到一群群小黄狗用绳系在屠户摊位旁边，毛茸茸的、肥嘟嘟的，有人告我这是菜狗，犹如牛中所谓的菜牛，是专供食用的。可见吃狗肉的人至近不绝。

杀肥狗与宰肥猪、宰肥羊无异。我看不出其间有什么文明与野蛮之别。有人不吃猪肉，有人不吃羊肉，有人不吃狗肉，各随其便，犯不着横眉怒目。此间香肉摊贩甚多，肉的来历大概不明。常于昏夜被群狗叫嗥之声惊醒，想来是有人在街头行猎。如果是捕杀野犬，应该是有益社会之事，杀而食之也未尝不可。如果被捕之犬是系出名门，则犬主人该负一大部分责任，不该纵犬流连户外。管理狗的办法，西方较为合理，狗要纳税领照，狗要打预防针，狗外出要有皮带系颈，狗颈下要牌示号码。不过有一点西方人还是够野蛮的，人行道上狗矢星罗棋布，没有人管。

街头打狗之事，历来就有，不自今日始，若干年前，我路过浙江嘉善，宿一亲戚家。入门，见椅上、榻上到处都铺设毛皮垫子，黑的、白的、黄的都有，时值隆冬，有此设备亦不足异。夜深人静，主人持巨梃提灯笼，款步而出，小巷萧索，遥闻犬吠。不知主人何时归来，只听得厨房里刀俎之声盈耳。午餐时，一罐热腾腾的红烧香肉上桌了。主人经常的食其肉而寝其皮。我面对羹献不知所措。

据说金华火腿之所以含有异香，缘有狗腿一只腌于缸内。我的舅父在金华高院任职甚久，查证其事不虚。名之为戌腿，为非卖品。曾取得一只见贻，家君以其难得，设觞大宴宾客。席间以清蒸戌腿一方上，而未言其所以。客人品尝之余，亦未言有异味，有人嫌其太瘦而已。事后家君宣告此名肴之所自来，客有欲呕而不得者。我当时躬逢盛饯，未敢下箸。

烤羊肉

北平中秋以后，螃蟹正肥，烤羊肉亦一同上市。口外的羊肥，而少膻味，是北平人主要的食用肉之一。不知何故很多人家根本不吃牛肉，我家里就牛肉不曾进过门。说起烤肉就是烤羊肉。南方人吃的红烧羊肉，是山羊肉，有膻气，肉瘦，连皮吃，北方人觉得是怪事，因为北方的羊皮留着做皮袄，舍不得吃。

北平烤羊肉以前门肉市正阳楼为最有名，主要的是工料细致，无论是上脑、黄瓜条、三叉、大肥片，都切得飞薄，切肉的师傅就在柜台近处表演他的刀法，一块肉用一块布蒙盖着，一手按着肉一手切，刀法利落。肉不是电冰柜里的冻肉（从前没有电冰柜），就是冬寒天冻，肉还是软软的，没有手艺是切不好的。

正阳楼的烤肉炙子，比烤肉宛烤肉季的要小得多，直径不过二尺，放在四张八仙桌子上，都是摆在小院里，四围是四把条凳。三五个一伙围着一个桌子，抬起一条腿踩在条凳上，边烤边饮边吃边说笑，这是标准的吃烤肉的架势。不像烤肉宛那样的大炙子，十几条大汉在熊熊烈火周围，一面烤肉一面烤人。女客喜欢到正阳楼吃烤肉，地方比较文静一些，不愿意露天自己烤，伙计们可以烤好送进房里来。烤肉用的不是炭，不是柴，是烧过除烟的松树枝子，所以带有特殊香气。烤肉不需多少作料，有大葱、芫荽、酱油就行。

正阳楼的烧饼是一绝，薄薄的两层皮，一面粘芝麻，打开来会冒一股滚烫的热气，中间可以塞进一大箸子烤肉，咬上去，软。普通的芝麻酱烧饼不对劲，中间有芯子，太厚实，夹不了多少肉。

我在青岛住了四年，想起北平烤羊肉馋涎欲滴。可巧厚德福饭庄从北平运来大批冷冻羊肉片，我灵机一动，托人在北平为我订制了一具烤肉炙子。炙子有一定的规格尺度，不是外行人可以随便制造的。我的炙子运来之后，大宴宾客，命儿辈到寓所后山拾松塔盈筐，敷在炭上，松香浓郁。烤肉佐以潍县特产大葱，真如锦上添花，葱白粗如甘蔗，斜切成片，细嫩而甜。

烤羊肉

吃得皆大欢喜。

提起潍县大葱，又有一事难忘。我的同学张心一是一位奇人，他的夫人是江苏人，家中禁食葱蒜，而心一是甘肃人，极嗜葱蒜。他有一次过青岛，我邀他家中便饭，他要求大葱一盘，别无所欲。我如他所请，特备大葱一盘，家常饼数张。心一以葱卷饼，顷刻而罄，对于其他菜肴竟未下箸，直吃得他满头大汗。他说这是数年来第一次如意的饱餐！

我离开青岛时把炙子送给同事赵少侯，此后抗战军兴，友朋星散，这青岛独有的一个炙子就不知流落何方了。

烧羊肉

大家都知道北平月盛斋的酱羊肉、酱牛肉，制作精良，名闻遐迩。其实夏季各处羊肉床子所卖的烧羊肉，才是一般市民所常享受的美味。月盛斋的出品虽然好，谁愿老远的跑到前门户部街去买他一斤两斤的肉？

烧羊肉和酱羊肉不同，味道不同，制法不同，吃法不同。酱羊肉是大块羊肉炖得烂透，切片，冷食。烧羊肉完全不一样。烧羊肉只有羊肉床子卖。所谓羊肉床子，就是屠宰售卖羊肉的店铺，到了夏季附带着于午后卖烧羊肉。店铺全是回教人的生意，内外清洁，刷洗得一尘不染。大块五花羊肉入锅煮熟，捞出来，俟稍干，入油锅炸，炸到外表焦黄，再入大锅加料加

烧羊肉

酱油焖煮，煮到呈焦黑色，取出切条。这样的羊肉，外焦里嫩，走油不腻。买烧羊肉的时候不要忘了带碗，因为他会给你一碗汤，其味浓厚无比。自己做抻条面，用这汤浇上，比一般的牛肉面要鲜美得多。正是新蒜上市的时候，一条条编成辫子的大蒜沿街叫卖，新蒜不比旧蒜，特别嫩脆。也正是黄瓜的旺季，切成条。大蒜、黄瓜佐烧羊肉面，美不可言。

离开北平，休想吃到像样的羊肉。湖南馆子的红烧羊肉，没有羊肉味，当然也没有羊肉特具的腥膻，同时也就没有羊肉特具的香气，而且连皮带肉一起红烧，北方佬看了一惊。有一天和一位旗籍朋友聊天，谈起烧羊肉，惹得他眉飞色舞，涎流三尺。他说，此地既有羊肉，虽说品质甚差，然而何妨一试？他说做就做，不数日，喊我去尝。果然有七八分相似，慰情聊胜于无，相与拊掌大笑。

腊　肉

腊肉就是经过制炼的腌肉，到了腊尾春头的时候拿出来吃，所以名叫腊肉。普通的腌咸肉，或所谓“家乡肉”，不能算是腊肉。

湖南的腊肉最出名，可是到了湖南却不能求之于店肆，真正上好的湖南腊肉要到人家里才能尝到。因为腊肉本是我们农村社会中的家庭产品，可以长久存储，既以自奉，兼可待客，所谓“岁时伏腊”成了很普通的习俗。

真正上好的腊肉我只吃过一次。抗战初期，道出长沙，乘便去湘潭访问一位朋友。乘小轮溯江而上，虽然已是初夏，仍感觉到“春水绿波、春草绿色”的

腊肉
酒

景致宜人。朋友家在湘潭城内柳丝巷二号。一进门看见院里有一棵高大的梧桐。里面是个天井，四面楼房。是晚下榻友家，主人以盛馔招待，其中一味就是腊肉腊鱼。我特地到厨房参观，大吃一惊，厨房比客厅宽敞，而且井井有条、一尘不染。房梁上挂着好多鸡鸭鱼肉，下面地上堆了树枝、干叶之类，犹在冉冉冒烟。原来腊味之制作最重要的一个步骤就是烟熏。微温的烟熏火燎，日久便把肉类熏得焦黑，但是烟熏的特殊味道都熏进去了。烟从烟囱散去，厨内空气清洁。

腊肉刷洗干净之后，整块地蒸。蒸过再切薄片，再炒一次最好，加青蒜炒，青蒜绿叶可以用但不宜太多，宜以白的蒜茎为主。加几条红辣椒也很好。在不得青蒜的时候始可以大葱代替。那一晚在湘潭朋友家中吃腊肉，宾主尽欢，喝干了一瓶“温州酒汗”，那是比汾酒稍淡近似贵州茅台的白酒。此后在各处的餐馆吃炒腊肉，都不能和这一次的相比。而腊鱼之美乃在腊肉之上。一饮一啄，莫非前定。

火　腿

从前北方人不懂吃火腿，嫌火腿有一股陈腐的油腻涩味，也许是不善处理，把“滴油”一部分未加削裁就吃下去了，当然会吃得舌矫不能下，好像舌头要粘住上膛一样。有些北方人见了火腿就发怵，总觉得没有清酱肉爽口。后来许多北方人也能欣赏火腿，不过火腿究竟是南货，在北方不是顶流行的食物。有些北方餐馆作菜配料，绝无使用火腿，永远是清酱肉。事实上，清酱肉也的确很好，我每次江南游总是携带几方清酱肉，分馈亲友，无不赞美。只是清酱肉要输火腿特有的一段香。

火腿的历史且不去谈它。也许是宋朝大破金兵的宗泽于无意中所发明。宗泽是义乌人，在金华之东。所以直到如今，凡火腿必曰金华火腿。东阳县亦在金华附近，《东阳县志》云："熏蹄，俗谓火腿，其实烟熏，非火也。腌晒熏将如法者，果胜常品，以所腌之盐必台盐，所熏之烟必松烟，气香烈而善入，制之及时如法，故久而弥旨。"火腿制作方法亦不必细究，总之手续及材料必定很有考究。东阳上蒋村蒋氏一族大部分以制火腿为业，故"蒋腿"特为著名。金华本地常不能吃到好的火腿，上品均已行销各地。

我在上海时，每经大马路，辄至天福市得熟火腿四角钱，店员以利刃切成薄片，瘦肉鲜明似火，肥肉依稀透明，佐酒下饭为无上妙品。至今思之犹有余香。

一九二六年冬，某日吴梅先生宴东南大学同仁于南京北万全，予亦叨陪。席间上清蒸火腿一色，盛以高边大瓷盘，取火腿最精部分，切成半寸见方高寸许之小块，二三十块矗立于盘中，纯由醇酿花雕蒸制熟透，味之鲜美无与伦比。先生微酡，击案高歌，盛会难忘，于今已有半个世纪有余。

抗战时，某日张道藩先生召饮于重庆之留春坞。

火腿

留春坞是云南馆子。云南的食物产品，无论是萝卜或是白菜都异常硕大，猪腿亦不例外。故云腿通常均较金华火腿为壮观，脂多肉厚，虽香味稍逊，但是做叉烧火腿则特别出色。留春坞的叉烧火腿，大厚片烤熟夹面包，丰腴适口，较湖南馆子的蜜汁火腿似乎犹胜一筹。

台湾气候太热，不适于制作火腿，但有不少人仿制，结果不是粗制滥造，便是腌晒不足急于发售，带有死尸味；幸而无尸臭，亦是一味死咸，与“家乡肉”无殊。逢年过节，常收到礼物，火腿是其中一色。即使可以食用，其中那大骨头很难剔除，运斤猛斫，可能砍得稀巴烂而骨尚未断，我一见火腿便觉束手无策，廉价出售不失为一办法，否则只好央由菁清持往熟识商店请求代为肢解。

有人告诉我，整只火腿煮熟是有诀窍的。法以整只火腿浸泡水中三数日，每日换水一两次，然后刮磨表面油渍，然后用凿子挖出其中的骨头（这层手续不易），然后用麻绳紧紧捆绑，下锅煮沸二十分钟，然后以微火煮两小时，然后再用大火煮沸，取出冷却，即可食用。像这样繁复的手续，我们哪得工夫？不如买现成的火腿吃（台北有两家上海店可以买到），如果买不到，干脆不吃。

有一次得到一只真的金华火腿，瘦小坚硬，大概是收藏有年。菁清持往熟识商肆，老板奏刀，砉的一声，劈成两截。他怔住了。鼻孔翕张，好像是嗅到了异味，惊叫："这是道地的金华火腿，数十年不闻此味矣！"他嗅了又嗅不忍释手，他要求把爪尖送给他，结果连蹄带爪都送给他了。他说回家去要好好炖一锅汤吃。

美国的火腿，所谓 ham，不是不好吃，是另一种东西。如果是现烤出来的大块火腿，表皮上烤出凤梨似的斜方格，趁热切大薄片而食之，亦颇可口，唯不可与金华火腿同日而语。"弗吉尼亚火腿"则又是一种货色，色、香、味均略近似金华火腿，去骨者尤佳，常居海外的游子，得此聊胜于无。

白　肉

白肉，白煮肉，白切肉，名虽不同，都是白水煮猪肉。谁不会煮？但是煮出来的硬是不一样。各地的馆子都有白切肉，各地人家也都有这样的家常菜，而巧妙各有不同。

提起北平的白切肉，首先就会想起砂锅居。砂锅居是俗名，正式的名称是“居顺和”，坐落在西四牌楼北边缸瓦市路东，紧靠着定王府的围墙。砂锅居的名字无人不知，本名很少人知道。据说所以有此名称是由于大门口设了一个灶，上面有一个大砂锅，直径四尺多，高约三尺，可以煮一整只猪。这砂锅有百余年的历史，传说从来没有换过汤！我想这是不可能的事，那样大的砂锅如何打制，如何能经久不裂，一锅汤如何能长久不换？这一定是好事者诌出来的故事。这馆子专卖猪肉和猪身上的一切，可以做出一百二十八道菜色不同的猪全席，我一听就心里有点怕，所以一直没去品尝过。到了一九二一年左右由于好奇才怂恿家君一同前去一试。大锅是有一只，我没发现那是砂锅。地方不算太脏，比我们想象的要好一些。五寸碟子盛的红白血肠、双皮、鹿尾、管挺、口条……我们都一一地尝过，白肉当然更不会放过。东西确是不错，所以生意兴隆。一到正午，一只猪卖完，迟来的客人只好向隅明日请早了。究竟是以猪为限，格调不高，中下级食客趋之若骛，理所当然，高雅君子不可不去一尝，但很少人去了还想再去。

我母亲常对我们抱怨说北平的猪肉不好吃，有一股臊臭的气味。我起初不信，后来屡游江南，发现南北猪肉味是不同。大概是品种和饲料不同的关系。不知所谓臊臭，也许正是另一些人所谓的肉香。南方猪肉质嫩而味淡，却是真的。

北平人家里吃白肉也有季节，通常是在三伏天。

白肉

猪肉煮一大锅，瘦多肥少，切成一盘盘的端上桌来。煮肉的时候如果先用绳子把大块的肉五花大绑，紧紧捆起来，煮熟之后冷却，解开绳子用利刃切片，可以切出很薄很薄的大片，肥瘦凝固而不散。肉不宜煮得过火，用筷子戳刺即可测知其熟的程度。火候要靠经验，刀法要看功夫。要横丝切，顺丝就不对了。白肉没有咸味，要蘸酱油，要多加蒜末。川菜馆于蒜、酱油之外，另备辣椒酱。如果酱油或酱浇在白肉上，便不对味。

白肉下酒宜用高粱。吃饭时另备一盘酸菜，一盘白肉碎末，一盘腌韭菜末，一盘芫荽末，拌在饭里，浇上白肉汤，撒上一点胡椒粉，这是标准吃法。北方人吃汤讲究纯汤，鸡汤就是鸡汤，肉汤就是肉汤，不羼别的东西。那一盘酸菜很有道理，去油腻，开胃。

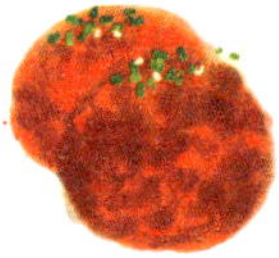

狮子头

狮子头，扬州名菜。大概是取其形似，而又相当大，故名。北方饭庄称之为四喜丸子，因为一盘四个。北方做法不及扬州狮子头远甚。

我的同学王化成先生，扬州人，幼失怙，赖姑氏扶养成人，姑善烹调，化成耳濡目染，亦通调和鼎鼐之道。化成官外交部多年，后外放葡萄牙公使历时甚久，终于任上。他公余之暇，常亲操刀俎，以娱嘉宾。狮子头为其拿手杰作之一，曾以制作方法见告。

狮子头人人会做，巧妙各有不同。化成教我的方法是这样的——

首先取材要精。细嫩猪肉一大块，七分瘦三分肥，不可有些许筋络纠结于其间。切割之际最要注意，不

狮子头

可切得七歪八斜，亦不可剁成碎泥，其秘诀是“多切少斩”。挨着刀切成碎丁，越碎越好，然后略为斩剁。

次一步骤也很重要。肉里不羼芡粉，容易碎散；加了芡粉，黏糊糊的不是味道。所以调好芡粉要抹在两个手掌上，然后捏搓肉末成四个丸子，这样丸子外表便自然糊上了一层芡粉，而里面没有。把丸子微微按扁，下油锅炸，以丸子表面紧绷微黄为度。

再下一步是蒸。碗里先放一层转刀块冬笋垫底，再不然就横切黄芽白作墩形数个也好。把炸过的丸子轻轻放在碗里，大火蒸一个钟头以上。揭开锅盖一看，浮着满碗的油，用大匙把油撇去，或用大吸管吸去，使碗里不见一滴油。

这样的狮子头，不能用筷子夹，要用羹匙舀，其嫩有如豆腐。肉里要加葱汁、姜汁、盐。愿意加海参、虾仁、荸荠、香蕈，各随其便，不过也要切碎。

狮子头是雅舍食谱中重要的一色。最能欣赏的是当年在北碚的编译馆同仁萧毅武先生，他初学英语，称之为“莱阳海带”（lion head），见之辄眉飞色舞。化成客死异乡，墓木早拱矣，思之怃然！

炸丸子

我想人没有不爱吃炸丸子的，尤其是小孩。我小时候，根本不懂什么五臭八珍，只知道小炸丸子最为可口。肉剁得松松细细的，炸得外焦里嫩，入口即酥，不需大嚼，既不吐核，又不摘刺，蘸花椒盐吃，一口一个，实在是无上美味。可惜一盘丸子只有二十来个，桌上人多，分下来差不多每人两三个，刚把馋虫诱上喉头，就难以为继了。我们住家的胡同口有一个同和馆，近在咫尺。有时家里来客留饭，就在同和馆叫几个菜作为补充，其中必有炸丸子，亦所以餍我们几个孩子所望。有一天，我们两三个孩子偎在母亲身边闲话，我的小弟弟不知怎么的心血来潮，没头没脑地冒出这样的一句话："妈，小炸丸子要多少钱一碟？"我们听了哄然大笑。母亲却觉得一阵心酸，立即派用人到同和馆买来一碟小炸丸子。我们两三个孩子伸手抓食，每人分到十个左右，心满意足。事隔七十多年，不能忘记那一回吃小炸丸子的滋味。

炸丸子上面加一个"小"字，不是没有缘由的。丸子大了，炸起来就不容易炸透。如果炸透，外面一层又怕炸过火，所以要小。有些馆子称之为樱桃丸子，也不过是形容其小。其实这是夸张，事实上总比樱桃大些。要炸得外焦里嫩有一个诀窍。先用温油炸到八分熟，捞起丸子，使稍冷却，在快要食用的时候投入沸油中再炸一遍。这样便可使外面焦而里面不至变老。

为了偶尔变换样子，炸丸子做好之后，还可以用葱花、酱油、芡粉在锅里勾一些卤，加上一些木耳，然后把炸好的丸子放进去滚一下就起锅，是为熘丸子。

如果用高汤煮丸子，而不用油煎，煮得白白嫩嫩的，加上一些黄瓜片或是小白菜心，也很可口，是为氽丸子。若是赶上毛豆刚上市，把毛豆剁碎羼在肉里，也很别致，是为毛豆丸子。

炸丸子

湖北馆子的蓑衣丸子也很特别，是用丸子裹上糯米，上屉蒸。蒸出来一个个地粘着挺然翘然的米粒，好像是披了一件蓑衣，故名。这道菜要做得好，并不难，糯米先泡软再蒸，就不会生硬。我不知道为什么湖北人特喜糯米，豆皮要包糯米，烧卖也要包糯米，丸子也要裹上糯米。我个人以为除了粽子、汤团和八宝饭之外，糯米派不上什么用场。

北平酱肘子铺（即便宜坊）卖一种炸丸子，扁扁的，外表疙瘩噜苏，里面全是一些筋头巴脑的剔骨肉，价钱便宜，可是风味特殊，做火锅的锅料用最为合适。我小时候上学，如果手头富余，买个炸丸子夹在烧饼里，惬意极了，如今回想起来还回味无穷。

最后还不能不提到“乌丸子”。一半炸猪肉丸子，一半炸鸡胸肉丸子，盛在一个盘子里，半黑半白，很是别致。要有一小碗卤汁，蘸卤汁吃才有风味。为什么叫乌丸子，我不知道，大概是什么一位姓乌的大老爷所发明，故以此名之。从前有那样的风气，人以菜名，菜以人名，如“潘鱼江豆腐”之类皆是。

鱼 丸

初到台湾，见推车小贩卖鱼丸，现煮现卖，热腾腾的。一碗两颗，相当大。一口咬下去，不大对劲，相当结实。丸与汤的颜色是混浊的，微呈灰色，但是滋味不错。

我母亲是杭州人，善做南方口味的菜，但不肯轻易下厨，若是偶然操动刀俎，也是在里面小跨院露天升起小火炉自设锅灶。每逢我父亲一时高兴从东单菜市买来一条欢蹦乱跳的活鱼，必定亲手交给母亲，说：“特烦处理一下。”就好像是绅商特烦名角上演似的。母亲一看是条一尺开外的大活鱼，眉头一皱，只好勉为其难，因为杀鱼不是一件愉快的事。母亲说，这鱼

鱼丸

太活了，宜于做鱼丸。但是不忍心下手宰它。我二姊说：“我来杀。”从屋里拿出一根门闩。鱼在石几上躺着，一杠子打下去未中要害，鱼是滑的，打了一个挺，跃起一丈多高，落在房檐上了。于是大家笑成一团，搬梯子，上房，捉到鱼便从房上直摔下来，摔了个半死，这才从容开膛清洗。幼时这一幕闹剧印象太深，一提起鱼丸就回忆起来。

做鱼丸的鱼必须是活鱼，选肉厚而刺少的鱼。像花鲢就很好，我母亲叫它厚鱼，又叫它纹鱼，不知这是不是方言。剖鱼为两片，先取一片钉其头部于木墩之上，用刀徐徐斜着刃刮其肉，肉乃成泥状，不时地从刀刃上抹下来置碗中。两片都刮完，差不多有一碗鱼肉泥。加少许盐，少许水，挤姜汁于其中，用几根竹筷打，打得越久越好，打成糊状。不需要加蛋白，鱼不活才加蛋白。下一步骤是煮一锅开水，移锅止沸，急速用羹匙舀鱼泥，用手一抹，入水成丸，丸不会成圆球形，因为无法搓得圆，连成数丸，移锅使沸，俟鱼丸变色即是八九分熟，捞出置碗内。再继续制作。手法要快，沸水要控制得宜，否则鱼泥有入水涣散不可收拾之虞。煮鱼丸的汤本身即很鲜美，不需高汤。将做好的鱼丸倾入汤内煮沸，撒上一些葱花或嫩豆苗，即可盛在大碗内上桌。当然鱼丸也可红烧，究不如清汤本色，这样做出的鱼丸嫩得像豆腐。

湖北是渔产丰饶的地方，抗战时我在汉口停留过一阵，听说有个鮰鱼大王，能做鮰鱼全席，我不曾见识。不过他家的鮰鱼面吃过一碗，确属不凡。十几年前，友人高鸿缙先生，他是湖北人，以其夫人新制鱼丸见贻，连鱼丸带汤带锅，滚烫滚烫的，喷香喷香的，我连吃了三天，齿颊留芬。如今高先生早已作古，空余旧事萦绕心头！

烧　鸭

北平烤鸭，名闻中外，在北平不叫烤鸭，叫烧鸭，或烧鸭子，在口语中加一“子”字。

《北平风俗杂咏》严辰《忆京都词》十一首，第五首云：

忆京都·填鸭冠寰中

烂煮登盘肥且美，加之炮烙制尤工。

此间亦有呼名鸭，骨瘦如柴空打杀。

严辰是浙人，对于北平填鸭之倾倒，可谓情见乎词。北平苦旱，不是产鸭盛地，唯近在咫尺之通州得运河之便，渠塘交错，特宜蓄鸭。佳种皆纯白，野鸭、花鸭则非上选。鸭自通州运到北平，仍需施以填肥手续。以高粱及其他饲料揉搓成圆条状，较一般香肠热狗为粗，长约四寸许。北平的鸭子师傅抓过一只鸭来，夹在两条腿间，使不得动，用手掰开鸭嘴。以粗长的一根根的食料蘸着水硬行塞入。鸭子要叫都叫不出声，只有眨巴眼的份儿。塞进口中之后，用手紧紧地往下捋鸭的脖子，硬把那一根根的东西挤送到鸭的胃里。填进几根之后，眼看着再填就要撑破肚皮，这才松手，把鸭关进一间不见天日的小棚子里。几十百只鸭关在一起，像沙丁鱼，绝无活动余地，只是尽量给予水喝。这样关了若干天，天天扯出来填，非肥不可，故名填鸭。一来鸭子品种好，二来师傅手艺高，所以填鸭为北平所独有。抗战时期在后方有一家餐馆试行填鸭，三分之一死去，没死的虽非骨瘦如柴，也并不很肥，这是我亲眼看到的。鸭一定要肥，肥才嫩。

北平烧鸭，除了专门卖鸭的餐馆如全聚德之外，是由便宜坊（即酱肘子铺）发售的。在馆子里亦可吃烤鸭，例如在福全馆宴客，就可以叫右边邻近的一家

烧鸭

便宜坊送了过来。自从宣外的老便宜坊关张以后，要以东城的金鱼胡同口的宝华春为后起之秀，楼下门市，楼上小楼一角最是吃烧鸭的好地方。在家里打一个电话，宝华春就会派一个小力巴，用保温的铅铁桶送来一只才出炉的烧鸭，油淋淋的，烫手热的。附带着他还管带蒸荷叶饼、葱酱之类。他在席旁小桌上当众片鸭，手艺不错，讲究片得薄，每一片有皮有油有肉，随后一盘瘦肉，最后是鸭头鸭尖，大功告成。主人高兴，赏钱两吊，小力巴欢天喜地称谢而去。

填鸭费工费料，后来一般餐馆几乎都卖烧鸭，叫作叉烧烤鸭，连焖炉的设备也省了，就地一堆炭火一根铁叉就能应市。同时用的是未经填肥的普通鸭子，吹凸了鸭皮晾干一烤，也能烤得焦黄嘣脆。但是除了皮就是肉，没有黄油，味道当然差得多。有人到北平吃烤鸭，归来盛道其美，我问他好在哪里，他说："有皮，有肉，没有油。"我告诉他："你还没有吃过北平烤鸭。"

所谓一鸭三吃，那是广告噱头。在北平吃烧鸭，照例有一碗滴出来的油，有一副鸭架装。鸭油可以蒸蛋羹，鸭架装可以熬白菜，也可以煮汤打卤。馆子里的鸭架装熬白菜，可能是预先煮好的大锅菜，稀汤寡水，索然寡味。会吃的人要把整个的架装带回家里去煮。这一锅汤，若是加口蘑（不是冬菇，不是香蕈）打卤，卤上再加一勺炸花椒油，吃打卤面，其味之美无与伦比。

拌鸭掌

鸡爪、鸭掌、鹅掌，都可以吃。

有人爱吃鸡跖，跖就是鸡足踵。《吕氏春秋》：“齐王之食鸡也，必食其跖，数千而后足。”其实鸡爪一层皮，有什么好吃，但是有人喜欢。广东馆子美其名曰凤爪，煮汤算是美味。冬菇凤爪煨汤，喝完捞起鸡爪吮，吐出一堆碎骨。

广东馆子的红烧鹅掌，是一道大菜。鹅体积大，掌特肥，经过煨煮之后膨胀起来格外的厚实，吃起来就好像不只是一层皮了。

拌鸭掌是一道凉菜，下酒最宜。做起来很费事，需要把鸭掌上的骨头一根根的剔出，即使把鸭掌煮烂之后再剔亦非易事。而且要剔得干净，不可有一点残留。这道菜凡是第一流的山东馆都会做，不过精粗不等。鸭掌下面通常是以黄瓜、木耳垫底，浇上三合油，再外加芥末一小碗备用。不是吃日本寿司那种绿芥末（山葵酱），也不是吃美国热狗那种酸兮兮的芥末(黄芥末)，是我们中国的真正气味刺鼻的那种芥末（辣根）。

糟蒸鸭肝

糟就是酒滓，凡是酿酒的地方都有酒糟。《楚辞·渔父》：“何不铺其糟而歠其醨？”可见自古以来酒糟就是可以吃的。我们在摊子上吃的醪糟蛋，醪糟乃是我们人人都会做的甜酒酿，还不是我们所谓的糟。说也奇怪，我们台湾盛产名酒，想买一点糟还不太容易。只有到山东馆子吃糟熘鱼片才得一尝糟味，但是有时候那糟还不是真的，不过是甜酒酿而已。

糟的吃法很多。糟熘鱼片固然好，糟鸭片也是绝妙的一色冷荤，在此地还不曾见过，主要原因是鸭不够肥嫩。北平东兴楼或致美斋的糟鸭片，切成大薄片，有肥有瘦有皮有肉，是下酒的好菜。《儒林外史》第

糟蒸鸭肝

十四回：马二先生看见酒店柜台上盛着糟鸭，“没有钱买了吃，喉咙里咽唾沫”。所说的糟鸭是刚出锅的滚热的，和我所说的冷盘糟鸭片风味不同。下酒还是冷的好。稻香村的糟鸭蛋也很可口，都是靠了那一股糟味。

福州馆子所做红糟的菜是有名的。所谓红糟乃是红曲，另是一种东西。是粳米做成饭，拌以曲母，令其发热，冷却后洒水再令其发热，往复几次即成红曲。红糟肉、红糟鱼，均是美味，但没有酒糟香。

现在所要谈到的糟蒸鸭肝是山东馆子的拿手，而以北平东兴楼的为最出色。东兴楼的菜出名的分量少，小盘小碗，但是精，不能供大嚼，只好细品尝。所做精选上好鸭肝，大小合度，剔洗干净，以酒糟蒸熟。妙在汤不浑浊而味浓，而且色泽鲜美。

有一回梁寒操先生招饮于悦宾楼，据告这是于右老喜欢前去小酌的地方，而且以糟蒸鸭肝为其隽品之一。尝试之下，果然名不虚传，唯稍嫌粗，肝太大则质地容易沙硬。在这地方能吃到这样的菜，难能可贵。

锅烧鸡

北平的饭馆几乎全属烟台帮，济南帮兴起在后。烟台帮中致美斋的历史相当老。清末魏元旷《都门琐记》谈到致美斋："致美斋以四做鱼名，盖一鱼而四做之，子名'万鱼'，与头尾皆红烧，酱炙中段，余或炸炒，或醋熘、糟熘。"致美斋的鱼是做得不错，我所最欣赏的却别有所在。锅烧鸡是其中之一。

先说致美斋这个地方。店坐落在煤市街，坐东面西，楼上相当宽敞，全是散座。因生意鼎盛，在对面一个非常细窄的尽头开辟出一个致美楼，楼上楼下全是雅座。但是厨房还是路东的致美斋的老厨房，做好了菜由小力巴提着盒子送过街。所以这个雅座非常清静。

锅烧鸡

左右两个楼梯，由左梯上去正面第一个房间是我随侍先君经常占用的一间，窗户外面有一棵不知名的大树遮掩，树叶很大，风也萧萧，无风也萧萧，很有情调。我第一次吃醉酒就是在这个房间里。几杯花雕下肚之后还索酒吃，先君不许，我站在凳子上舀起一大勺汤泼将过去，泼溅在先君的两截衫上，随后我即晕倒，醒来发觉已在家里。这一件事我记忆甚清，时年六岁。

锅烧鸡要用小嫩鸡，北平俗语称之为“桶子鸡”，疑系“童子鸡”之讹。严辰《忆京都词》有一首：

忆京都·桶鸡出便宜

衰翁最便宜无齿，制仿金陵突过之。

不似此间烹不热，关西大汉方能嚼。

注云：“京都便宜坊桶子鸡，色白味嫩，嚼之可无渣滓。”他所谓便宜坊桶子鸡，指生的鸡，也可能是指熏鸡。早年一元钱可以买四只。南京的油鸡是有名的，广东的白切鸡也很好，其细嫩并不在北平的之下。严辰好像对北平桶子鸡有偏爱。

我所谓桶子鸡是指那半大不小的鸡，也就是做“炸八块”用的那样大小的鸡。整只的在酱油里略浸一下，下油锅炸，炸到皮黄而脆。同时另锅用鸡杂（即鸡肝、鸡胗、鸡心）做一小碗卤，连鸡一同送出去。照例这只鸡是不用刀切的，要由跑堂的伙计站在门外用手来撕的，撕成一条条的，如果撕出来的鸡不够多，可以在盘子里垫上一些黄瓜丝。连鸡带卤一起送上桌，把卤浇上去，就成为爽口的下酒菜。

何以称之为锅烧鸡，我不大懂。坐平浦火车路过德州的时候，可以听到好多老幼妇孺扯着嗓子大叫“烧鸡，烧鸡！”旅客伸手窗外就可以购买。早先大约一元可买三只，烧得焦黄油亮，劈开来吃，咸滋滋的，挺好吃（夏天要当心，外表亮光光，里面可能有大蛆咕咕嚷嚷！），这种烧鸡是用火烧的，也许馆子里的烧鸡加上一个锅字，以示区别。

芙蓉鸡片

在北平，芙蓉鸡片是东兴楼的拿手菜。先说说东兴楼。东兴楼在东华门大街路北，名为楼其实是平房，三进又两个跨院，房子不算大，可是间架特高，简直不成比例，据说其间还有个故事。当初兴建的时候，一切木料都已购妥，原是预备建筑楼房的。经人指点，靠近皇城根儿盖楼房有窥视大内的嫌疑，罪不在小，于是利用已有的木材改造平房，间架特高了。据说东兴楼的厨师来自御膳房，所以烹调颇有一手，这已不可考。其手艺属于烟台一派，格调很高。在北京山东馆子里，东兴楼无疑的当首屈一指。

一九二六年夏，时昭瀛自美国回来，要设筵邀请同学一叙，央我提调，我即建议席设东兴楼。彼时燕翅席一桌不过十六元，小学教师月薪仅三十余元，昭瀛坚持要三十元一桌。我到东兴楼吃饭，顺便订席。柜上闻言一惊，曰："十六元足矣，何必多费？"我不听。开筵之日，珍错杂陈，丰美自不待言。最满意者，其酒特佳。我吩咐茶房打电话到长发叫酒，茶房说不必了，柜上已经备好。原来柜上藏有花雕埋在地下已逾十年，取出一坛，羼以新酒，斟在大口浅底的细瓷酒碗里，色泽光润，醇香扑鼻，生平品酒此为第一。似此佳酿，酒店所无。而其开价并不特昂，专为留待嘉宾。当年北京大馆风范如此。预宴者吴文藻、谢冰心、瞿菊农、谢奋程、孙国华等。

北京饭馆跑堂都是训练有素的老手。剥蒜、剥葱、剥虾仁的小力巴，熬到独当一面的跑堂，至少要到三十岁左右的光景。对待客人，亲切周到而有分寸。在这一方面东兴楼规矩特严。我幼时侍先君饮于东兴楼，因上菜稍慢，我用牙箸在盘碗的沿上轻轻敲了叮当两响，先君急止我曰："千万不可敲盘碗作响，这是外乡客粗鲁的表现。你可以高声喊人，但是敲盘碗

芙蓉鸡片

表示你要掀桌子。在这里，若是被柜上听到，就会立刻有人出面赔不是，而且那位当值的跑堂就要卷铺盖，真个地卷铺盖，有人把门帘高高掀起，让你亲见那个跑堂扛着铺盖卷儿从你门前急驰而过。不过这是表演性质，等一下他会从后门又转回来的。”跑堂待客要殷勤，客也要有相当的风度。

现在说到芙蓉鸡片。芙蓉大概是蛋白的意思，原因不明，“芙蓉虾仁”“芙蓉干贝”“芙蓉青蛤”皆曰“芙蓉”，料想是忌讳蛋字。取鸡胸肉，细切细斩，使成泥。然后以蛋白搅和之，搅到融合成为一体，略无渣滓，入温油锅中摊成一片片状。片要大而薄，薄而不碎，熟而不焦。起锅时加嫩豆苗数茎，取其翠绿之色以为点缀。如点上数滴鸡油，亦甚佳妙。制作过程简单，但是在火候上恰到好处则见功夫。东兴楼的菜概用中小盘，菜仅盖满碟心，与湘菜馆之长箸大盘迥异其趣。或病其量过小，殊不知美食者不必是饕餮客。

抗战期间，东兴楼被日寇盘踞为队部。胜利后我返回故都，据闻东兴楼移帅府园营业，访问之后大失所望。盖已名存实亡，无复当年手艺。菜用大盘，粗劣庸俗。

咖喱鸡

我小时候不知咖喱粉是什么东西做的，以为像是咖啡豆似的磨成的。吃过无数次咖喱鸡之后才晓得咖喱粉乃是几种香料调味品混制而成。此物最初盛行于印度南部及锡兰一带。咖喱是 curry 的译音，字源是印度南部坦米尔语的 kari，意为调味酱。咖喱粉的成分不一，有多至十种八种者，主要的是小茴香（cumin）、胡荽（coriander）和郁金根（turmeric），黄色是来自郁金根。各种配料的成分比例不一致，故各种品牌的咖喱粉之味色亦不一样，有的很辣，有的很黄，有的很香。

凡是用咖喱粉调制的食品皆得称之为咖喱。最

咖喱鸡

为大家所习知的是咖喱鸡（chicken curry）。我在一九一二年左右初尝此味，印象极深。东安市场的中兴茶楼，老板傅心齐很善经营，除了卖茶点之外兼做简单西餐。他对先君不断地游说："请尝尝我们的牛扒，不在六国饭店的之下；请尝尝我们的咖喱鸡，物美价廉。"牛肉不愿尝试，先叫了一份咖喱鸡，果然滋味不错。他们还应外叫，一元钱四只笋鸡，连汁汤满满一锅送到府上。我们时常打个电话，叫两元的咖喱鸡，不到一小时就送到，家里只消预备白饭，便可享有丰盛的一餐，家人每个可以分到一只小鸡，最称心的是咖喱汤泡饭，每人可以罄两碗。

其实这样的咖喱鸡可说是很原始的，只是白水煮鸡，汤里加些芡粉使稠，再加咖喱粉，使成为黄澄澄辣兮兮的而已。因为咖喱的香味是从前没尝过的，遂觉非常可喜。考究一点的做法是鸡要先下油锅略炸，然后再煮，汤里要有马铃薯的碎块，煮的半烂成泥，鸡汤自然稠和，不需勾芡。有人试过不用马铃薯，而用大干蚕豆，效果一样的好。

高级西餐厅的咖喱鸡，除了几块鸡和一小撮白饭之外，照例还有一大盘各色配料，如肉松、鱼松、干酪屑、炸面包丁、葡萄干之类，任由取用。也有另加一勺马铃薯泥做陪衬的。我并不喜欢这些杂七杂八的东西，杂料太多，徒乱人意。我要的只是几块精嫩的鸡肉，充足的咖喱汁，适量的白饭。

印度人吃咖喱鸡饭，和吃别的东西一样，是用手抓的。初闻为之骇然。继而一想，我们古时也不免用手抓饭。《礼记·曲礼》：“共饭不泽手。”注：“泽，谓挼莎也。”《疏》：“古之礼，饭不用箸，但用手，既与人共饭，手宜洁净，不得临食始挼莎手乃食，恐为人秽也。”意思是说，饭前要把手洗干净，不可临时搓搓手就去抓饭。古已有箸而不用，要用手抓，不晓得其故安在。直到晚近，新疆的一些少数民族不是还吃抓饭、抓肉吗？我还是不明白，咖喱鸡饭如何能用手抓。

鸽

明陶宗仪《辍耕录》："颜清甫曲阜人，尝卧病，其幼子偶弹得一鹁鸽，归以供膳。"用弹弓打鸽子，在北方是常有的事。打下来就吃掉它。颜家小子打下的鸽子是一只传书鸽，这情形就尴尬了，害得颜先生专诚到传书人家去道歉。

我小时候家里就有发射泥丸的弓弩大小两只，专用以打房脊上落着的乌鸦，嫌它呱呱叫不吉利，可是从来没打中过一只。鸽子更是没有打过。鸽子的样子怪可爱的，在天空打旋尤为美观，我们也没想过吃它的肉。有许多人家养鸽子，不拘品种，只图其肥，视为家禽的一种。我不觉得它的肉有什么特别诱人处。

吃鸽子的风气大概是以广东为最盛。烧烤店里常挂着一排排的烤鸽子。酒席里的油淋乳鸽，湘菜馆里也常见。乳鸽取其小而嫩。连头带脚一起弄熟了端上桌，有人专吃它胸脯一块肉，也有人爱嚼整个的小脑袋瓜儿，嚼得咯吱咯吱响。台北开设过一家专卖乳鸽的餐馆，大登广告，不久就关张了，可见嗜油淋乳鸽者不多。

炒鸽松比较的还可以吃，因为鸽肉已经切碎，杂以一些作料，再有一块莴苣叶包卷起来，吃不出什么鸽肉的味道。就像吃果子狸，也吃不出什么特别味道，直到看见有人从汤里捞出一个龇牙咧嘴的脑壳，才晓得是吃了果子狸。

北方馆子有红烧鸽蛋一味。鸽蛋比鹌鹑蛋略大，其蛋白、蛋黄比鹌鹑蛋嫩，比鸡蛋也嫩得多。先煮熟，剥壳，下油锅炸，炸得外皮焦黄起皱，再回锅煎焖，投下冬菇、笋片、火腿之类的作料，勾芡起锅，好几道手续，相当麻烦。可是蛋白微微透明，蛋不大不小，正好一口一个，滋味不错。有人任性，曾一口气连吃了三盘！

铁锅蛋

北平前门外大栅栏中间路北有一个窄窄的小胡同，走进去不远就走到底，迎面是一家军衣庄，靠右手一座小门儿，上面高悬一面扎着红绸的黑底金字招牌“厚德福饭庄”。看起来真是不起眼儿，局促在一个小巷底，没去过的人还是不易找到。找到了之后看那门口里面黑咕隆咚的，还是有些不敢进去。里面楼上楼下各有两三个雅座，另外三五个散座，那座楼梯又陡又窄，险峻难攀。可是客人一踏进二门，柜台后门的账房苑先生就会扯着大嗓门儿高呼：“看座儿！”他的嗓门儿之大是有名的，常有客人一进门就先开口：“您别喊，我带着孩子呢，小孩儿害怕。”

铁锅蛋

厚德福饭庄地方虽然逼仄，名气不小，是当时唯一老牌的河南馆子。本是烟馆，所以一直保存那些短炕，附带着卖些点心之类，后来实行烟禁，就改为饭馆了。掌柜的陈莲堂是开封人，很有一把手艺，能制道地的河南菜。时值袁世凯当国，河南人士弹冠相庆之下，厚德福的声誉因之鹊起。嗣后生意日盛，但是风水关系，老址绝不迁移，而且不换装修，一副古老简陋的样子数十年不变。为了扩充营业，先后在北平的城南游艺园、沈阳、长春、黑龙江、西安、青岛、上海、香港、重庆、北碚等处开设分号。陈掌柜手下高徒，一个个的派赴各地分号掌勺。这是厚德福的简史。

厚德福的拿手菜颇有几样，先谈谈铁锅蛋。

吃鸡蛋的方法很多，炒鸡蛋最简单。常听人谦虚地说："我不会做菜，只会炒鸡蛋。"说这句话的人一定不会把一盘鸡蛋炒得像个样子。摊鸡蛋是把打过的蛋煎成一块圆形的饼，"烙饼卷摊鸡蛋"是北方乡下人的美食。蒸蛋羹花样繁多，可以在表面上敷一层干贝丝、虾仁、蛤蜊肉……至不济撒上一把肉松也成。厚德福的铁锅蛋是烧烤的，所以别致。当然先要置备黑铁锅一个，口大底小而相当高，铁要相当厚实。在打好的蛋里加上油盐作料，羼一些肉末、绿豌豆也可以，不可太多，然后倒在锅里放在火上连烧带烤，烤到蛋胀到锅口，作焦黄色，就可以上桌了。这道菜的妙处在于铁锅保温，上了桌还有吱吱响的滚沸声，这道理同于所谓的“铁板烧”，而保温之久犹过之。我的朋友李清悚先生对我说，他们南京人所谓“胀蛋”也是同样的好吃。我到他府上尝试过，确是不错，蛋胀得高高的起蜂窝，节成菱形块上桌，其缺憾是不能保温，稍一冷却蛋就缩塌变硬了。还是要让铁锅蛋独擅胜场。

赵太侔先生在厚德福座中一时兴起，点了铁锅蛋，从怀中掏出一元钱，令伙计出去买干奶酪（cheese），嘱咐切成碎丁羼在蛋里，要美国奶酪，不要瑞士的，因为美国的比较味淡，容易被大家接受。做出来果然气味喷香，不同凡响，从此悬为定例，每吃铁锅蛋必加奶酪。

现在我们有新式的电炉烤箱，不一定用铁锅，禁烧烤的玻璃盆（casserole）照样的可以做这道菜，不过少了铁锅那种原始粗犷的风味。

乌鱼钱

东兴楼又一名菜馔曰“乌鱼钱”。做法简单，江浙馆皆优为之，而在北平东兴楼最擅胜场。

乌鱼就是墨鱼，亦称“乌贼”，不是我们这里盛产乌鱼子的“乌鱼”。俗谓“乌鱼蛋”，因蛋字不雅，以其小小圆圆薄薄的形状似制钱，故称“乌鱼钱”。而事实上也不是蛋，鱼卵哪有这样大？谁又有本领把它切得那样薄，那样匀？我一直以为那是蛋。有一年在青岛顺兴楼饮宴，上了这样一碗羹，皆夸味美。座中有一位曾省教授，是研究海洋鱼产的专家，他说这是乌贼的子宫，等于包着鱼卵的胞衣，晒干之后就成了片片的形状。我这才恍然大悟。

乌鱼钱制羹，要用清澈的高汤。鱼钱发好，洗净入沸汤煮熟，略勾粉芡，但勿过稠，临上桌时撒芫荽末、胡椒粉，加少许醋，使微酸，杀腥气。

由熊掌说起

《中国语文》206期（第三十五卷第二期）刘厚醇先生《动物借用词》一文：

“鱼，我所欲也，熊掌，亦我所欲也；二者不可得兼，舍鱼而取熊掌也”。这是孟子的话。我怀疑孟子是否真吃过熊掌，我确信本刊的读者里没有人吃过熊掌。孟子这句话的意思是：假如不可能两个目标同时达到，应该放弃比较差一点的一个，而选择比较好一点的一个目标。熊掌和猩唇、驼峰全属于“八珍”，孟子用它来代表珍贵的东西；鱼是普通食物，代表平凡的东西。“鱼与熊掌”现在已经成为广泛通用的一句话，因为这个譬喻又简单又确切。（虽然，差不多所有的人全没吃过熊掌；如果当真的叫一般人去选择的话，恐怕全要“舍熊掌而取鱼也”！）

我也不知道孟子是否真吃过熊掌。若说“本刊的读者里没有人吃过熊掌”，则我不敢“确信”，因为我是“本刊的读者”之一，我吃过。

一九二二年一九二三年间，有一天侍先君到北京东兴楼小酌。我们平常到饭馆去是有固定的房间的，这一天堂倌抱歉地说：“上房一排五间都被王正廷先生预订了，要委屈二位在南房左边一间将就一下。”这无所谓。不久，只见上房灯火辉煌，衣冠济济，场面果然很大。堂倌给我们上菜之后，小声私语：“今天实在对不起，等一下我有一点外敬。”随后他端上了一盘热腾腾、黏糊糊的东西。他说今天王正廷宴客，有熊掌一味，他偷偷地匀出来一小盘，请我们尝尝。这虽然近似贼赃，但他一番雅意却之不恭，而且这东西的来历如何也正难言。一饮一啄，莫非前定。我们也就接受了。

熊掌吃在嘴里，像是一块肥肉，像是“寿司”，又像是鱼唇，又软又黏又烂又腻。高汤煨炖，味自不恶，但在触觉方面并不感觉愉快，不但不愉快，而且好像难以下咽。我们没有下第二箸，真是辜负了堂倌为我们做贼的好意。如果我有选择的自由，我宁舍熊掌而取鱼。

事有凑巧，初尝异味之后不久，过年的时候，厚德福饭庄黑龙江分号执事送来一大包东西，大概是年礼吧，打开一看，赫然是熊掌，黑不溜秋的，上面还附带着一些棕色的硬毛。据说熊掌须用水发，发好久好久，然后洗净切片下锅煨煮，又要煮好久好久。而且煨煮之时还要放进许多美味的东西以为作料。谁有闲工夫搞这个劳什子！熊掌既为八珍之一，干脆，转送他人。

所谓八珍，历来的说法不尽相同，《礼记》内则提到的“淳熬、淳母、炮豚、炮牂、捣珍、渍珍、熬珍、肝膋”，描述制作之法，其原料不外“牛、羊、麋、鹿、

熊掌

麋、豕、狗、狼”，近代的说法好像是包括“龙肝、凤髓、豹胎、鲤尾、鸮炙、猩唇、熊掌、酥酪蝉”。其中一部分好像近于神奇，一部分听起来就怪吓人的。所谓珍，全是动物性的。我常想，上天虽然待人不薄，口腹之欲究竟有个限度，天下之口有同嗜，真正的美食不过是一般色、香、味的享受，不必邪魔外道地去搜求珍异。偶阅明人徐树丕《识小录》，有《居服食三等语》一则：

汤东谷语人曰：“学者须居中等屋，服下等衣，食上等食。何者？茅茨土阶，非今所宜。瓦屋八九间，仅藏图书足矣。故曰中等屋。衣不必绫罗锦绣也，夏葛冬布，适寒暑足矣。故曰下等衣。至于饮食，则当远求名胜之物，山珍海错，名茶法酒，色色俱备，庶不为凡流俗士，故曰上等食也。”中等屋、下等衣，吾无闲言。唯所谓上等食，乃指山珍海错而言，则所见甚陋。以言美食，则鸡鸭鱼肉自是正味，青菜豆腐亦有其香，何必龙肝凤髓方得快意？苟烹调得法，日常食物均可令人满足。以言营养，则蛋白质、碳水化合物、菜蔬瓜果，匀配平衡，饮食之道能事尽矣。我当以为吃在中国，非西方所能望其项背，寻思恐未必然，传统八珍之说徒见其荒诞不经耳。

八宝饭

席终一道甜菜八宝饭通常是广受欢迎的，不过够标准的不多见。其实做法简单，只有一个秘诀——不惜工本。

八宝饭主要的是糯米，糯米要烂，越烂越好，而糯米不易蒸烂。所以事先要把糯米煮过，至少要煮成八分烂。这是至关重要的一点。

所谓八宝并没有一定。莲子是不可少的。莲子也不易烂，有的莲子永远也烂不了，所以要选容易烂的莲子，也要事先煮得八分烂。莲子不妨多。

桂圆肉不可或缺。台湾盛产桂圆，且有剥好了的桂圆肉可买。

八宝饭

美国的葡萄干，白的红的都可以用，兼备二种更好。

银杏，即白果，剥了皮，煮一下，去其苦味。

红枣可以用，不宜多，因为带皮带核，吐起来麻烦。美国的干李子（prune），黑黑大大的，不妨用几个。

豆沙一大碗当然要早做好。

如果有红丝青丝，作装饰也不错。

以上配料预备好，取较浅的大碗一，抹上一层油，防其粘碗。把莲子、桂圆肉等一圈圈的铺在碗底，或一瓣瓣的铺在碗底，然后轻轻地放进糯米，再填入豆沙，填得平平的一大碗，上笼去蒸。蒸的时间不妨长，使碗里的东西充分松软膨胀，凝为一体。上桌的时候，取大盘一，把碗里的东西翻扣在大盘里，浇上稀释的冰糖汁，表面上再放几颗罐头的红樱桃，就更好看了。

八宝饭是甜点心，但不宜太甜，所以豆沙里糯米里不宜加糖太多。豆沙糯米里可以拌上一点猪油，但不宜多，多了太腻。

从前八宝饭上桌，先端上两小碗白水，供大家洗匙，实在恶劣。现在多是每人一份小碗小匙，体面得多。如果大盘八宝饭再备两个大羹匙，大家共用，就更好了。

有人喜欢在取食之前先把八宝饭搅和一阵，像是拌搅水泥一般，也大可不必。若是舍大匙而不用，用小匙直接取食，再把小匙直接放在口里舔，那一副吃相就令人不敢恭维了。

粥

我不爱吃粥。小时候一生病就被迫喝粥。因此非常怕生病。平素早点总是烧饼、油条、馒头、包子，非干物生噎不饱。抗战时在外作客，偶寓友人家，早餐是一锅稀饭，四色小菜大家分享。一小块酱豆腐在碟子中央孤立，一小撮花生米疏疏落落地撒在盘子中，一根油条斩做许多碎块堆在碟中成一小丘，一个完整的皮蛋在酱油碟中晃来晃去。不能说是不丰盛了，但是干噎惯了的人就觉得委屈，如果不算是虐待。

也有例外。我母亲若是亲自熬一小薄铫儿的粥，分半碗给我吃，我甘之如饴。薄铫儿即是有柄有盖的小砂锅，最多能煮两小碗粥，在小白炉子的火口边上煮。不用剩饭煮，用生米淘净慢煨。水一次加足，不半途添水。始终不加搅和，任它翻滚。这样煮出来的粥，黏和，烂，而颗颗米粒是完整的，香。再佐以笋尖、火腿、糟豆腐之类，其味甚佳。

一说起粥，就不免想起从前北方的粥厂，那是慈善机关或好心人士施舍救济的地方。每逢冬天就有不少鹑衣百结的人排队领粥。“饘粥不继”就是形容连粥都没得喝的人。“饘”是稠粥，粥指稀粥。喝粥暂时装满肚皮，不能经久。喝粥聊胜于喝西北风。

不过我们也必须承认，某些粥还是蛮好喝的。北方人家熬粥熟，有时加上大把的白菜心，俟菜烂再撒上一些盐和麻油，别有风味，名为“菜粥”。若是粥煮好后取嫩荷叶洗净铺在粥上，粥变成淡淡的绿色，有一股荷叶的清香渗入粥内，是为“荷叶粥”。从前北平有所谓粥铺，清晨卖“甜浆粥”；是用一种碎米熬成的稀米汤，有一种奇特的风味，佐以特制的螺丝转儿、炸麻花儿，是很别致的平民化早点，但是不知何故被淘汰了。还有所谓大麦粥，是沿街叫卖的平民食物，有异香，也不见了。

台湾消夜所谓“清粥小菜”，粥里经常羼有红薯，味亦不恶。小菜真正是小盘小碗，荤素俱备。白日正餐大鱼大肉，消夜啜粥甚宜。

腊八粥是粥类中的综艺节目。北平雍和宫煮腊八粥，据《旧京风俗志》，是由内务府主办，惊师动众，

这一顿粥要耗十万两银子！煮好先恭呈御用，然后分别赏赐王公大臣，这不是喝粥，这是招摇。然而煮腊八粥的风俗深入民间至今弗辍。我小时候喝腊八粥是一件大事。午夜才过，我的二舅爹爹（我父亲的二舅父）就开始作业，搬出擦得锃光大亮的大小铜锅两个，大的高一尺开外，口径约一尺。然后把预先分别泡过的五谷杂粮如小米、红豆、老鸡头、薏仁米，以及粥果如白果、栗子、胡桃、红枣、桂圆肉之类，开始熬煮，不住地用长柄大勺搅动，防粘锅底。两锅内容不太一样，大的粗糙些，小的细致些，以粥果多少为别。此外尚有额外精致粥果另装一盘，如瓜子仁、杏仁、葡萄干、红丝青丝、松子、蜜饯之类，准备临时放在粥面上的。等到腊八早晨，每人一大碗，尽量加红糖，稀里呼噜地喝个尽兴。家家熬粥，家家送粥给亲友，东一碗来，西一碗去，真是多此一举。剩下的粥，倒在大绿釉瓦盆里，自然凝冻，留到年底也不会坏。自从丧乱，年年过腊八，年年有粥喝，兴致未减。但材料难求，因陋就简，虚应故事而已。

面　条

面条，谁没吃过？但是其中大有学问。

北方人吃面讲究吃抻面。抻，音 chen，用手拉的意思，所以又称为拉面。用机器压切的面曰切面，那是比较晚近的产品，虽然产制方便，味道不大对劲。

我小时候在北平，家里常吃面，一顿饭一顿面是常事，面又常常是面条。一家十几口，面条由一位厨子供应，他的本事不小。在夏天，他总是打赤膊，拿大块和好了的面团，揉成一长条，提起来拧成麻花形，滴溜溜地转，然后执其两端，上上下下地抖，越抖越长，两臂伸展到无可再伸，就把长长的面条折成双股，双股再拉，拉成四股，四股变成八股，一直拉下去，拉到粗细适度为止。在拉的过程中不时地在撒了干面粉的案子上重重地摔，使粘上干面，免得粘了起来。这样地拉一把面，可供十碗八碗。一把面抻好投在沸滚的锅里，马上抻第二把面，如是抻上两三把，差不多就够吃的了，可是厨子累得一头大汗。我常站在厨房门口，参观厨子表演抻面，越夸奖他，他越抖神，眉飞色舞，如表演体操。面和得不软不硬，像牛筋似的，两胳膊若没有一把子力气，怎行?

面可以抻得很细。隆福寺街灶温，是小规模的二荤铺，他家的拉面真是一绝。拉得像是挂面那样细，而吃在嘴里利利落落。在福全馆吃烧鸭，鸭架装打卤，在对门灶温叫几碗一窝丝，真是再好没有的打卤面。自己家里抻的面，虽然难以和灶温的比，也可以抻得相当标准。也有人喜欢吃粗面条，可以粗到像是小指头，筷子夹起来扑棱扑棱的像是鲤鱼打挺。本来抻面的妙处就是在于那一口咬劲儿，多少有些韧性，不像切面那样的糟，其原因是抻得久，把面的韧性给抻出来了。要吃过水面，把煮熟的面条在冷水或温水里涮一下；要吃锅里挑，就不过水，稍微黏一点，各有风味。

面条

面条儿宁长勿短，如嫌太长可以拦腰切一两刀再下锅。寿面当然是越长越好。曾见有人用切面做寿面，也许是面搁久了，也许是煮过火了。上桌之后，当众用筷子一挑，肝肠寸断，窘得下不了台！

其实面条本身无味，全凭调配得宜。我见识简陋，记得在抗战初年，长沙尚未经过那次大火，在天心阁吃过一碗鸡火面，印象甚深。首先是那碗，大而且深，比别处所谓二海容量还要大些，先声夺人。那碗汤清可见底，表面上没有油星，一抹面条排列整齐，像是美人头上才梳拢好的发蓬，一根不扰。大大的几片火腿鸡脯摆在上面。看这模样就觉得可人，味还差得了？再就是离成都不远的牌坊面，远近驰名，别看那小小一撮面，七八样作料加上去，硬是要得，来往过客就是不饿也能连罄五七碗。我在北碚的时候，有一阵子诗人尹石公做过雅舍的房客，石老是扬州人，也颇喜欢吃面，有一天他对我说："李笠翁《闲情偶寄》有一段话提到汤面深获我心，他说味在汤里而面索然寡味，应该是汤在面里然后面才有味。我照此原则试验已得初步成功，明日再试敬请品尝。"第二天他果然市得小小蹄髈，细火焖烂，用那半锅稠汤下面，把汤耗干为度，蹄髈的精华乃全在面里。

我是从小吃炸酱面长大的。面一定是自抻的，从来不用切面。后来离乡外出，没有厨子抻面，退而求其次，家人自抻小条面，供三四人食用没有问题。用切面吃炸酱面，没听说过。四色面码，一样也少不得，掐菜、黄瓜丝、萝卜缨、芹菜末。

窝　头

窝窝头，简称窝头，北方平民较贫苦者的一种主食。贫苦出身者，常被称为啃窝头长大的。一个缩头缩脑、满脸穷酸相的人，常被人奚落，“瞧他那个窝头脑袋！”变戏法的卖关子，在紧要关头停止表演向围观者讨钱，好多观众便哄然逃散，变戏法的急得跳着脚大叫：“快回家去吧，窝头糊啦！”（糊是烧焦的意思）坐人力车如果事前未讲价钱，下车付钱，有些车夫会伸出朝上的手掌，大汗淋漓、气喘吁吁地说：“请您回回手，再赏几个窝头钱吧！”

总而言之，窝头是穷苦的象征。

到北平观光过的客人，也许在北海仿膳吃过小窝头。请不要误会，那是噱头，那小窝头只有一英寸高的样子，一口可以吃一个。据说那小窝头虽说是玉米面做的，可是羼了栗子粉，所以松软容易下咽。我觉得这是拿穷人开心。

真正的窝头是玉米做的，玉米磨得不够细，粗糙得刺嗓子，所以通常羼黄豆粉或小米面，称之为杂和面。杂和面窝头是比较常见的。制法简单，面和好，抓起一团，跷起右手大拇指伸进面团，然后用其余的九个手指围绕着那个大拇指搓搓捏捏使成为一个中空的塔，所以窝头又名黄金塔。因为捏制时是一个大拇指在内九个手指在外，所以又称“里一外九”。

窝头是要上笼屉蒸的，蒸熟了黄澄澄的，喷香。有人吃一个窝头，要赔上一个酱肘子，让那白汪汪的脂肪陪送窝头下肚。困难在吃窝头的人通常买不起酱肘子，他们经常吃的下饭菜是号称为“棺材板”的大腌萝卜。

据营养学家说，纯粹就经济实惠而言，最值得吃的食物盖无过于窝头。玉米面虽非高蛋白食物，但是纤维素甚为丰富，而且其胚芽玉米糁的营养价值极高，

窝头

富有维生素 B 多种，比白米白面不知高出多少。难怪北方的劳苦大众几乎个个长得比较高大粗壮。吃粗粮反倒得福了。杜甫诗：“百年粗粝腐儒餐”，现在粗粝已不再仅是腐儒餐了，餍膏粱者也要吃糙粮。

我不是啃窝头长大的，可是我祖父母为了不忘当年贫苦的出身，在后院避风的一个角落里砌了一个一尺多高的大灶，放一只头号的铁锅，春暖花开的时候便烧起柴火，在笼屉里蒸窝头。这一天全家上下的晚饭就是窝头、棺材板、白开水。除了蒸窝头之外，也贴饼子，把和好的玉米粉抓一把弄成舌形的一块往干锅上贴，加盖烘干，一面焦。再不然就顺便蒸一屉榆钱糕，后院现成的一棵大榆树，新生出一簇簇的榆钱，取下洗净和玉米面拌在一起蒸，蒸熟之后人各一碗，浇上一大勺酱油、麻油汤子拌葱花，别有风味。我当时年纪小，没能懂得其中的意义，只觉得好玩。现在我晓得，大概是相当于美国人感恩节之吃火鸡。我们要感谢上苍赐给穷人像玉米这样的珍品。不过人光吃窝头是不行的，还要需要相当数量的蛋白质和脂肪。

自从宣统年间我祖父母相继去世，直到如今，已有七十多年没尝到窝头的滋味。我不想念窝头，可是窝头的形象却不时地在我心上涌现。我怀念那些啃窝头的人，不知道他们是否仍像从前一样地啃窝头，抑是连窝头都没得啃。前些日子，友人贻我窝头数枚，形色滋味与我所知道的完全相符，大有类似“他乡遇故人”之感。

贫不足耻。贫乃士之常，何况劳苦大众。不过打肿脸充胖子是人之常情，谁也不愿在人前暴露自己的贫穷。贫贱骄人乃是反常的激愤表示，不是常情。原先穷，他承认穷，不承认病，其实就整个社会而言，贫是病，我知道有一人家，主人是小公务员，食者众多，每餐吃窝头，于套间进食，严扃其门户，不使人知。一日，忘记锁门，有熟客来排闼直入，发现全家每人捧着一座金字塔，主客大窘，几至无地自容。这个人家的子弟，个个发愤图强，皆能卓然自立，很快地就脱了窝头的户籍。

北方每到严冬，就有好心的人士发起窝窝头会，是赈济穷人的慈善组织。仁者用心，有足多者。但是嗟来之食，人所难堪，如果窝窝头能够改个名称，别在穷人面前提起窝头，岂不更妙?

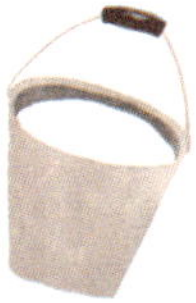

酪

酪就是凝冻的牛奶，北平有名的食物，我在别处还没有见过。到夏天下午，卖酪的小贩挑着两个木桶就出现了，桶上盖着一块蓝布，在大街小巷里穿行，他的叫卖声是："咿——哟，酪——啊！"咿哟不知何解。住家的公子哥儿们把卖酪的喊进了门洞儿，坐在长条的懒凳上，不慌不忙地喝酪。木桶里中间放一块冰，四周围全是一碗碗的酪，每碗上架一块木板，几十碗酪可以叠架起来。卖酪的顺手递给你一把小勺，名为勺，实际上是略具匙形的一片马口铁。你用这飞薄的小勺慢慢地取食，又香又甜又凉，一碗不够再来一碗。卖酪的为推销起见特备一个签筒，你付钱抽签，抽中了上好的签可以白喝若干碗。通常总是卖酪的净赚，可是有一回我亲眼看见一位大宅门儿的公子哥儿，不知为什么手气那样好，一连几签把整个一挑子的酪都赢走了，登时喊叫家里的厨子、车夫、打杂儿的都到门洞儿里来喝免费的酪，只见那卖酪的咧着嘴大哭。

酪有酪铺。我家附近，东四牌楼根儿底下就有一家。最有名的一家是在前门外框儿胡同北头儿路西，我记不得他的字号了。掀门帘进去，里面没有什么设备，一边靠墙几个大木桶，一边几个座儿。他家的酪，牛奶醇而新鲜，所以味道与众不同，大碗带果的尤佳，酪里面有瓜子仁儿，于喝咽之外有点东西咀嚼，别有风味。每途经其地，或是散戏出来，必定喝他两碗。

看戏的时候，也少不了有卖酪的托着盘子在拥挤不堪的客座中间穿来穿去，口里喊着：“酪——来——酪！”听戏在入神的时候，卖酪的最讨人厌。有一回小丑李敬山，在台上和另一小丑打诨，他问：“你听见过王八是怎样叫唤的吗？”“没听过。”“你听——”这时候有一位卖酪的正从台前经过，口里喊着“酪——来——酪”，于是观众哄堂大笑。

久离北平的人，不免犯馋，想北平的吃食，酪是其中之一。齐如山先生有一天请我到他家去喝酪。酪是儿媳黄媛珊女士做的，样子很好，味也不错，就是少那么一点点北平酪的香味：那香味应该说是近似酒香。

她是大批地做，一做就是百儿八十碗，我去喝酪的那天，正见儿子齐瑛先生把酪装上吉普车送往中华路一家店铺代售。我后来看到，那家店铺窗上贴着有“北平奶酪”的红纸条。可惜光顾的人很少，因为“膻肉酪浆，以充饥渴”究竟是北方人的习俗，而在北方畜牧亦不发达，所谓的酪只有北平城里的人才得享用。齐府所制之酪，不久成为绝响。

我们中国人，比较起来是消费牛奶很少的一个民族。我个人就很怕喝奶，温热了喝有一股腥气，冷冻了捏着鼻子往下灌又觉得长久胃里吃不消，可是做成酪我就喜欢喝。喝了几十年酪，不知酪是怎样做的。查书《饮膳正要》云：“造法用乳牛勺锅内炒过，入余乳熬数十沸，频以勺纵横搅之，倾出，罐盛待凉，掠取浮皮为酥，入旧酪少许，纸封贮，即成酪。”说得轻松，我不敢尝试，总疑心奶不能那么容易凝结，好像需要加进一点什么才成，好像做豆腐也要在豆浆里点一些盐卤才成。过去有酪喝，也就不想自己试做。黄媛珊女士做了，我也喝了，就是忘了问她是怎么做的，也许问过了，现在又忘了她是怎么说的。我来美国住了一阵之后，在我女儿文蔷家里又喝到了酪，是外国做法，虽不敢说和北平的酪媲美，至少慰情聊胜于无。现在把制法简述于下，以飨同好。

一、新鲜全脂牛奶，一夸特可以做六饭碗。奶粉也行，总不及鲜奶。

二、奶里加酌量的糖及香料少许，杏仁精就很好，凡尼拉也行，不过我以为用甜酒调味（rum flavor）效果更佳。也有人说用金门高粱也很好。

三、凝乳片（rennet tablet）放在冷水里溶化，每片可做两碗。这种凝乳片是由牛犊的胃内膜提炼而成的，美国一般超级市场有售。

四、牛奶加温至华氏一百一十度，不可太热，如用口尝微温即可，绝对不可使沸，如太热需俟其冷却。

五、将凝乳剂倾入奶中，稍加搅和，俟冷放进冰箱，冰凉即可食用。手续很简便，不到一刻钟就完成了，曾几度持以待客，均食之而甘，仿佛又回到了北平，“酪——来——酪”之声盈耳。

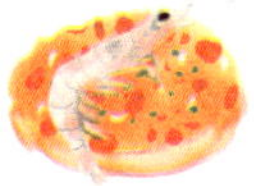

水晶虾饼

虾，种类繁多。《尔雅翼》所记："闽中五色虾，长尺余，具五色。梅虾，梅雨时有之。芦虾，青色，相传芦苇所变。泥虾，稻花变成，多在泥田中。又虾姑，状如蜈蚣，一名管虾。"芦苇、稻花会变虾，当然是神话。

虾不在大，大了反倒不好吃。龙虾一身铠甲，须爪戟张，样子十分威武多姿，可是剥出来的龙虾肉，只合做沙拉，其味不过尔尔。大抵咸水虾，其味不如淡水虾。

虾要吃活的，有人还喜活吃。西湖楼外楼的"炝活虾"，是在湖中用竹篓养着的，临时取出，欢蹦乱跳，剪去其须吻足尾，放在盘中，用碗盖之。食客微启碗

水晶虾饼

沿，以箸挟取之，在旁边的小碗酱油、麻油、醋里一蘸，送到嘴边用上下牙齿一咬，像嗑瓜子一般，吮而食之。吃过把虾壳吐出，犹咕咕囔囔的在动。有时候嫌其过分活跃，在盘里泼进半杯烧酒，虾乃颓然醉倒。据闻有人吃活虾不慎，虾一跃而戳到喉咙里，几致丧生。生吃活虾不算稀奇，我还看见过有人生吃活螃蟹呢！

炝活虾，我无福享受。我只能吃油爆虾、盐焗虾、白灼虾。若是嫌剥壳麻烦，就只好吃炒虾仁、烩虾仁了。说起炒虾仁，做得最好的是福建馆子，记得北平西长安街的忠信堂是北平唯一的有规模的闽菜馆，做出来的清炒虾仁不加任何配料，满满一盘虾仁，鲜明透亮，而且软中带脆。闽人善治海鲜当推独步。烩虾仁则是北平饭庄的拿手，馆子做不好。饭庄的酒席上四小碗其中一定有烩虾仁，羼一点荸荠丁，勾芡，一切恰到好处。这一炒一烩，全是靠使油及火候，灶上的手艺一点也含糊不得。

虾仁剁碎了就可以做炸虾球或水晶虾饼了。不要以为剁碎了的虾仁就可以用不新鲜的剩货充数，瞒不了知味的吃客。吃馆子的老主顾，堂倌也不敢怠慢，时常会用他的山东腔说："二爷！甭起虾夷儿了，虾夷儿不信香。"（别吃虾仁了，虾仁不新鲜。）堂倌和吃客合作无间。

水晶虾饼是北平锡拉胡同玉华台的杰作。和一般的炸虾球不同，一定要用白虾，通常是青虾比白虾味美。但是做水晶虾饼非白虾不可，为的是做出来颜色纯白。七分虾肉要加三分猪板油，放在一起剁碎，不要碎成泥，加上一点点芡粉，葱汁、姜汁，捏成圆球，略按成厚厚的小圆饼状，下油锅炸，要用猪油，用温油。炸出来白如凝脂，温如软玉，入口松而脆。蘸椒盐吃。

自从我知道了水晶虾饼里大量羼猪油。就不敢常去吃它。连带着对一般馆子的炸虾球，我也有戒心了。

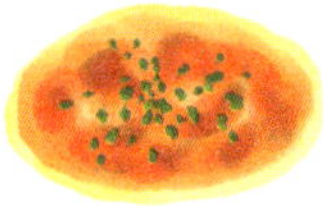

烙　饼

饼而曰烙，可知不是煎，不是炸，不是烤，更不是蒸。烙饼的锅曰铛，在这里音撑，差亨切，阴平声。铛是平底锅，通常无足无耳无柄，大小不一定。铛是铁打的，相当的厚重，不容易烧热，可是烧热了也不容易凉，最适宜于烙饼。洋式的带柄的平底锅，也可以用来烙饼，而且小巧灵便，但是铝合金制的锅究竟传热太快冷却也太快，控制温度麻烦，不及我们的铛。

烙饼需要和面。和面不简单。没有触摸过白案子，初次和面，大概会弄得一塌糊涂，无有是处。烙饼需用热水和面，不是滚开的沸水，沸水和面就变成烫面了。用热水和面是取其和出来软。和好了面不能立刻烙，

烙饼

要容它“醒”一段时间。这段时间可长可短，看情形而定。

如果做家常饼，手续最简单。家常饼是薄薄的，里面的层次也不须太多，表面上更不须刷油，烙出来白磁糊裂的，只要相当软和就成。在北平懒婆娘自己不动手，可以到胡同口外蒸锅铺油盐店之类的地方去定制，论斤卖。一斤面大概可以烙不大不小的四张。北方人贫苦，如果有两张家常饼，配上一盘摊鸡蛋（鸡蛋要摊成直径和饼一样大的两片），把蛋放在饼上，卷起来，竖立之，双手扶着，张开大嘴，左一口、右一口，中间再一口，那简直是无与伦比的一顿丰盛大餐。

孩子想吃甜食，最方便莫如到蒸锅铺去烙几张糖饼，黑糖和芝麻酱要另外算钱，事前要讲明几个铜板的黑糖，几个铜板的芝麻酱。烙饼里夹杂着黑糖和芝麻酱，趁热吃，那份香无法形容。我长大以后，自己在家中烙糖饼，乃加倍地放糖，加倍地放芝麻酱，来弥补幼时之未能十分满足的欲望。

葱油饼到处都有，但是真够标准的还是要求之于家庭主妇。北方善烹饪的家庭主妇，做法细腻，和一般餐馆之粗制滥造不同。一般餐馆所制，多患油腻。在山东，许多处的葱油饼是油炸的，焦黄的样子很好看，吃上一块两块就消受不了。在此处颇有在饼里羼味精的，简直是不可思议。标准的葱油饼要层多，葱多，而油不太多。可以用脂油丁，但是要少放。要层多，则擀面要薄，多卷两次再加葱。葱花要细，要九分白一分绿。撒盐要匀。锅里油要少，锅要热而火要小。烙好之后，两手拿饼直立起来在案板上戳打几下，这个小动作很重要，可以把饼的层次戳松。葱油饼太好吃，不需要菜。

清油饼实际上不是饼。是细面条盘起来成为一堆，轻轻压按使成饼形，然后下锅连煎带烙，成为焦黄的一坨。外面的脆硬，里面的还是软的。山东馆子最善此道。我认为最理想的吃法，是每人一个清油饼，然后一碗烩虾仁或烩两鸡丝，分浇在饼上。

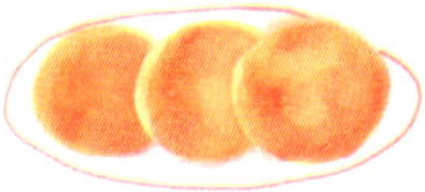

烧饼油条

烧饼油条是我们中国人标准早餐之一，在北方不分省分、不分阶级、不分老少，大概都欢喜食用。我生长在北平，小时候的早餐几乎永远是一套烧饼油条——不，叫油炸鬼，不叫油条。有人说，油炸鬼是油炸桧之讹，大家痛恨秦桧，所以名之为油炸桧以泄愤，这种说法恐怕是源自南方，因为北方读音鬼与桧不同，为什么叫油鬼，没人知道。在比较富裕的大家庭里，只有做父亲的才有资格偶尔以馄饨、鸡丝面或羊肉馅包子做早点，只有做祖父母的才有资格常以燕窝汤、莲子羹或哈什蚂之类做早点，像我们这些“民族幼苗”，便只有烧饼油条来果腹了。说来奇怪，我对于烧饼油条从无反感，天天吃也不厌，我清早起来，就有一大簸箩烧饼油鬼在桌上等着我。

现在台湾的烧饼油条，我以前在北平还没见过。我所知道的烧饼，有螺蛳转儿、芝麻酱烧饼、马蹄儿、驴蹄儿几种，油鬼有麻花儿、甜油鬼、炸饼儿几种。螺蛳转儿夹麻花儿是一绝，扳开螺蛳转儿，夹进麻花儿，用手一按，嘎吱一声麻花儿碎了，这一声响就很有意思，如今我再也听不到这个声音。有一天和齐如山先生谈起，他也很感慨，他嫌此地油条不够脆，有一次他请炸油条的人给他特别炸焦，“我加倍给你钱”，那个炸油条的人好像是前一夜没睡好觉（事实上凡是炸油条、烙烧饼的人都是睡眠不足），一翻白眼说：“你有钱？我不伺候！”回锅油条、老油条也不是味道，焦硬有余，酥脆不足。至于烧饼，螺蛳转儿好像久已不见了，因为专门制售螺蛳转儿的粥铺早已绝迹了。所谓粥铺，是专卖甜浆粥的一种小店，甜浆粥是一种稀稀的粗粮米汤，其味特殊。北平城里的人不知道喝豆浆，常是一碗甜浆粥一套螺蛳转儿，但是这也得到粥铺去趁热享用才好吃。我到十四岁以后才喝到豆浆，

烧饼油条

我相信我父母一辈子也没有喝过豆浆。我们家里吃烧饼油条，嘴干了就喝大壶的茶，难得有一次喝到甜浆粥。后来我到了上海，才看到细细长长的那种烧饼，以及菱形的烧饼，而且油条长长的也不适于夹在烧饼里。

火腿、鸡蛋、牛油面包作为标准的早点，当然也很好，但我只是在不得已的情形下才接受了这种异俗。我心里怀念的仍是烧饼油条。和我有同嗜的人相当不少。海外羁旅，对于家乡土物率多念念不忘。有一位华裔美籍的学人，每次到台湾来都要带一二百副烧饼油条回到美国去，存在冰橱里，逐日检取一副放在烤箱或电锅里一烤，便觉得美不可言。谁不知道烧饼油条只是脂肪、淀粉，从营养学来看，不构成一份平衡的食品。但是多年习惯，对此不能忘情。在纽约曾有人招待我到一家中国餐馆进早点，座无虚席，都是烧饼油条客，那油条一根根的都很结棍，韧性很强。但是大家觉得这是家乡味，聊胜于无。做油条的师傅，说不定曾经付过二两黄金才学到如此这般的手艺，又有一位返国观光的游子，住在台北一家观光旅馆里，晨起第一桩事就是外出寻找烧饼油条，遍寻无着，返回旅舍问服务小姐，服务小姐登时蛾眉一耸说："这是观光区域，怎会有这种东西，你要向偏僻街道、小巷去找。"闹哄了一阵，兴趣已无，乖乖的到附设餐厅里去吃火腿、鸡蛋、面包了事。

有人看我天天吃烧饼油条，就问我："你不嫌脏？"我没想到这个问题。据这位关心的人说，要注意烧饼里有没有老鼠屎，第二天我打开烧饼先检查，哇，一颗不大不小像一颗万应锭似的黑黑的东西赫然在焉。用手一捻，碎了。若是不当心，入口一咬，必定牙碜，也许不当心会咽了下去。想起来好怕，一颗老鼠屎搅坏一锅粥，这话不假，从此我存了戒心。看看那个豆浆店，小小一间门面，案板油锅都放在人行道上，满地是油渍污泥，一袋袋的面粉堆在一旁像沙包一样，阴沟里老鼠横行。再看看那打烧饼、炸油条的人，头发蓬乱，上身只有灰白背心，脚上一双拖鞋，说不定嘴里还叼着一根纸烟。在这种情况之下，要使老鼠屎不混进烧饼里去，着实很难。好在不是一个烧饼里必定轮配到一橛老鼠屎，难得遇见一回，所以戒心维持了一阵也就解严了。

也曾经有过观光级的豆浆店出现，在那里有峨高冠的厨师，有穿制服的侍者，有装潢，有灯饰，筷子有纸包着，豆浆碗下有盘托着，餐巾用过就换，而不是一块毛巾大家用，像邮局浆糊旁边附设的小块毛巾那样的又脏又黏。如果你带外宾进去吃早点，可以不至于脸红。但是偶尔观光一次是可以的，谁也不能天天去观光，谁也不能常跑远路去图一饱。于是这打肿脸充胖子的局面维持不下去了，烧饼油条依然是在行人道边乌烟瘴气的环境里苟延残喘。而且我感觉到吃烧饼油条的同志也越来越少了。

薄饼

古人有“春盘”之说，《通俗编·四时宝鉴》：“立春日，唐人作春饼生菜，号春盘。”春盘即后来所谓春饼。春天吃饼，好象各地至今仍有此种习俗。我所谈的薄饼，专指北平的吃法，且不限于岁首。

薄饼需热水和面，开水更好，烙出来才能软。两张饼为一盒。两块面团上下叠起，中间抹上麻油，然后擀成薄饼，放在热锅上烙，火要微，不需加油。俟饼变色，中间凸起，翻过来再烙片刻即熟。取出撕开，但留部分相连，放在一边用布盖上，再继续烙十盒二十盒。

薄饼是要卷菜吃的。菜分熟菜、炒菜两部分。

薄饼

所谓熟菜就是从便宜坊叫来的苏盘，有大小两种，六十年前小者一圆，大者约二圆。漆花的圆盒子，盒子里有一个大盘子，盘子上一圈扇形的十个八个木头墩儿，中间一个小圆墩儿。每一扇形木墩儿摆一种切成细丝的熟菜，通常有下列几种：

酱肘子

熏肘子（白肉熏得微黄）

大肚儿（猪的胃）

小肚儿（膀胱灌肉末、芡粉、松子）

香肠（羼有豆蔻素沙，香）

烧鸭

熏鸡

清酱肉

炉肉（五花三层的烤肉，皮酥脆）

这些切成丝的肉，每样下面垫着小方块的肉，凸起来显着饱满的样子。中间圆墩则是一盘杂和菜。这一个苏盘很是壮观。

家里自备炒菜必不可少的是：摊鸡蛋，切成长条；炒菠菜；炒韭黄肉丝；炒豆芽菜；炒粉丝。若是韭黄肉丝、粉丝、豆芽菜炒在一起便是“和菜”，上面盖上一张摊鸡蛋，便是所谓“和菜戴帽儿”了。

此外一盘葱一盘甜面酱，羊角葱最好，细嫩。

吃的方法太简单了，把饼平放在大盘子上，单张或双张均可，抹酱少许，葱数根，从苏盘中每样捡取一小箸，再加炒菜，最后放粉丝。卷起来就可以吃了，有人贪，每样菜都狠狠地拣，结果饼小菜多，卷不起来，即使卷起来也竖立不起来。于是出馊招，卷饼的时候中间放一根筷子，竖起之后再把筷子抽出。那副吃相，下作！

饼吃过后，一碗“罐儿汤”似乎是必需的。“罐儿汤”和酸辣汤近似，但是不酸不辣，卧一个鸡蛋在内就成了。加些金针菇、木耳更好。

吃一回薄饼，餐桌上布满盘碗，其实所费无多。我犹嫌其麻烦，乃常削减菜数，仅备一盘熟肉切丝，一盘摊鸡蛋，一盘豆芽菜炒肉丝，一盘粉丝，名之曰“简易薄”。每食简易薄，儿辈辄欢呼不已，一个孩子保持一次吃七卷双张的纪录！

汤　包

说起玉华台，这个馆子来头不小，是东堂子胡同杨家的厨子出来经营掌勺。他的手艺高强，名作很多，所做的汤包，是故都的独门绝活。

包子算得什么，何地无之？但是风味各有不同。上海沈大成、北万馨、五芳斋所供应的早点汤包，是令人难忘的一种。包子小，小到只好一口一个，但是每个都包得俏式，小蒸笼里垫着松针（可惜松针时常是用得太久了一些），有卖相。名为汤包，实际上包子里面并没有多少汤汁，倒是外附一碗清汤，表面上浮着七条八条的蛋皮丝，有人把包子丢在汤里再吃，成了名副其实的汤包了。这种小汤包馅子固然不恶，

汤包

妙处却在包子皮，半发半不发，薄厚适度，制作上颇有技巧。台北也有人仿制上海式的汤包，得其仿佛，已经很难得了。

天津包子也是远近驰名的，尤其是狗不理的字号十分响亮。其实不一定要到狗不理去，搭平津火车一到天津西站就有一群贩卖包子的高举笼屉到车窗前，伸胳膊就可以买几个包子。包子是扁扁的，里面确有比一般为多的汤汁，汤汁中有几块碎肉葱花。有人到铺子里吃包子，才出笼的，包子里的汤汁曾有烫了脊背的故事，因为包子咬破，汤汁外溢，流到手掌上，一举手乃顺着胳膊流到脊背。不知道是否真有其事，不过天津包子确是汤汁多，吃的时候要小心，不烫到自己的脊背，至少可以溅到同桌食客的脸上。相传的一个笑话：两个不相识的人据一张桌子吃包子，其中一位一口咬下去，包子里的一股汤什直飙过去，把对面客人喷了个满脸花。肇事的这一位并未觉察，低头猛吃。对面那一位很沉得住气，不动声色。堂倌在一旁看不下去，赶快拧了一个热手巾把送了过去，客徐曰："不忙，他还有两个包子没吃完哩。"

玉华台的汤包才是真正的含着一汪子汤。一笼屉里放七八个包子，连笼屉上桌，热气腾腾，包子底下垫着一块蒸笼布，包子扁扁的塌在蒸笼布上。取食的时候要眼明手快，抓住包子的皱褶处猛然提起，包子皮骤然下坠，像是被婴儿吮瘪了的乳房一样，趁包子没有破裂赶快放进自己的碟中，轻轻咬破包子皮，把其中的汤汁吸饮下肚，然后再吃包子的空皮。没有经验的人，看着笼里的包子，又怕烫手，又怕弄破包子皮，犹犹豫豫，结果大概是皮破汤流，一塌糊涂。有时候堂倌代为抓取。其实吃这种包子，其乐趣一大部分就在那一抓一吸之间。包子皮是烫面的，比烫面饺的面还要稍硬一点，否则包不住汤。那汤原是肉汁冻子，打进肉皮一起煮成的，所以才能凝结成为包子馅。汤里面可以看得见一些碎肉渣子。这样的汤味道不会太好。我不大懂，要喝汤为什么一定要灌在包子里然后再喝。

菜　包

华北的大白菜堪称一绝。山东的黄芽白行销江南一带。我有一家亲戚住在哈尔滨，其地苦寒，蔬菜不易得，每逢阴历年请人带去大白菜数头，他们如获至宝。在北平，白菜一年四季无缺，到了冬初便有推小车子的小贩，一车车的白菜沿街叫卖。普通人家都是整车的买，留置过冬。夏天是白菜最好的季节，吃法太多了，炒白菜丝、栗子烧白菜、熬白菜、腌白菜，怎样吃都好。但是我最欣赏的是菜包。

取一头大白菜，择其比较肥大者，一层层地剥，剥到最后只剩一个菜心。每片叶子上一半作圆弧形，下一半白菜帮子酌量切去。弧形菜叶洗净待用。准备几样东西：

菜包

一、蒜泥拌酱一小碗。

二、炒麻豆腐一盘。麻豆腐是绿豆制粉丝剩下来的渣子，发酵后微酸，作灰绿色。此物他处不易得。用羊尾巴油炒最好，加上一把青豆更好。炒出来像是一摊烂稀泥。

三、切小肚儿丁一盘。小肚儿是猪尿泡灌猪血芡粉煮成的，作粉红色，加大量的松子在内，有异香。酱肘子铺有卖。

四、炒豆腐松。炒豆腐成碎屑，像炒鸽松那个样子，起锅时大量加葱花。

五、炒白菜丝，要炒烂。

取热饭一碗，要小碗饭大碗盛。把蒜酱抹在菜叶的里面，要抹匀。把麻豆腐、小肚儿、豆腐松、炒白菜丝一起拌在饭碗里，要拌匀。把这碗饭取出一部分放在菜叶里，包起来，双手捧着咬而食之。吃完一个再吃一个，吃得满脸满手都是菜汁、饭粒，痛快淋漓。

据一位旗人说这是满族人吃法，缘昔行军时沿途取出菜叶包剩菜而食之。但此法一行，无不称妙。我曾数度以此待客，皆赞不绝口。

饺　子

“好吃不过饺子，舒服不过倒着。”这是北方乡下的一句俗语。北平城里的人不说这句话。因为北平人过去不说饺子，都说“煮饽饽”，这也许是满洲语。我到了十四岁才知道煮饽饽就是饺子。

北方人，不论贵贱，都以饺子为美食。钟鸣鼎食之家有的是人力财力，吃顿饺子不算一回事。小康之家要吃顿饺子要动员全家老少，和面、擀皮、剁馅、包捏、煮，忙成一团，然而亦趣在其中。年终吃饺子是天经地义，有人胃口特强，能从初一到十五顿顿饺子，乐此不疲。当然连吃两顿就告饶的也不是没有。至于在乡下，吃顿饺子不易，也许要在姑奶奶回娘家时候

醋
饺子
a.和面要软硬合度，多醒一阵子
b.擀皮中心稍厚，边缘稍薄
c.包的时候用手指捏紧

才能有此豪举。

饺子的成色不同，我吃过最低级的饺子。抗战期间有一年除夕我在陕西宝鸡，餐馆过年全不营业，我踯躅街头，遥见铁路旁边有一草棚，灯火荧然，热气直冒，乃趋就之，竟是一间饺子馆。我叫了二十个韭菜馅饺子，店主还抓了一把带皮的蒜瓣给我，外加一碗热汤。我吃得一头大汗，十分满足。

我也吃过顶精致的一顿饺子。在青岛顺兴楼宴会，最后上了一钵水饺，饺子奇小，长仅寸许，馅子却是黄鱼韭黄，汤是清澈而浓的鸡汤，表面上还漂着少许鸡油。大家已经酒足菜饱，禁不住诱惑，还是给吃得精光，连连叫好。

做饺子第一面皮要好。店肆现成的饺子皮，碱太多，煮出来滑溜溜的，咬起来韧性不足。所以一定要自己和面，软硬合度，而且要多醒一阵子。盖上一块湿布，防干裂。擀皮子不难，久练即熟，中心稍厚，边缘稍薄。包的时候一定要用手指捏紧。有些店里伙计包饺子，用拳头一握就是一个，快则快矣，煮出来一个个的面疙瘩，一无是处。

饺子馅各随所好。有人爱吃荠菜，有人怕吃茴香。有人要薄皮大馅，最好是一兜儿肉，有人愿意多羼青菜。（有一位太太应邀吃饺子，咬了一口大叫，主人以为她必是吃到了苍蝇、蟑螂什么的，她说："怎么，这里面全是菜！"主人大窘。）有人以为猪肉冬瓜馅最好，有人认定羊肉白菜馅为正宗。韭菜馅有人说香，有人说臭，天下之口并不一定同嗜。

冷冻饺子是不得已而为之，还是新鲜的好。据说新发明了一种制造饺子的机器，一贯作业，整治迅速，我尚未见过。我想最好的饺子机器应该是——人。

吃剩下的饺子，冷藏起来，第二天油锅里一炸，炸得焦黄，好吃。

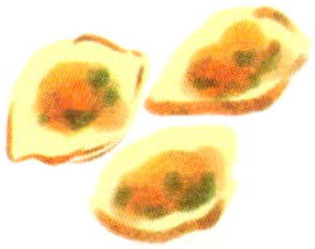

煎馄饨

馄饨这个名称好古怪。宋程大昌《演繁露》："世言馄饨，是虏中浑沌氏为之。"有此一说，未必可信。不过我们知道馄饨历史相当悠久，无分南北到处有之。

儿时，里巷中到了午后常听见有担贩大声吆喝："馄饨——开锅！"这种馄饨挑子上的馄饨，别有风味，物美价廉。那一锅汤是骨头煮的，煮得久，所以是浑浑的、浓浓的。馄饨的皮子薄，馅极少，勉强可以吃出其中有一点点肉。但是作料不少，葱花、芫荽、虾皮、冬菜、酱油、醋、麻油，最后撒上竹节筒里装着的黑胡椒粉。这样的馄饨在别处是吃不到的，谁有工夫去熬那么一大锅骨头汤？

北平的山东馆子差不多都卖馄饨。我家胡同口有一个同和馆，从前在当地还有一点小名，早晨就卖馄饨和羊肉馅和卤馅的小包子。馄饨做得不错，汤清味厚，还加上几小块鸡血几根豆苗。凡是饭馆没有不备一锅高汤的（英语所谓“原汤”stock），一碗馄饨舀上一勺高汤，就味道十足。后来“味之素”大行其道，谁还预备原汤？不过善品味的人，一尝便知道是不是正味。

馆子里卖的馄饨，以致美斋的为最出名。好多年前，《同治都门纪略》就有赞美致美斋的馄饨的打油诗：

包得馄饨味胜常，馅融春韭嚼来香，
汤清润吻休嫌淡，咽来方知滋味长。

这是同治年间的事，虽然已过了五十年左右，饭馆的状况变化很多，但是他的馄饨仍是不同凡响，主要的原因是汤好。

可是我最激赏的是致美斋的煎馄饨，每个馄饨都包得非常俏式，薄薄的皮子挺拔舒翘，像是天主教修女的白布帽子。入油锅慢火生炸，炸黄之后再上小型蒸屉猛蒸片刻，立即带屉上桌。馄饨皮软而微韧，有异趣。

煎馄饨

爆双脆

爆双脆是北方山东馆的名菜。可是此地北方馆没有会做爆双脆的。如果你也不知天高地厚，进北方馆就点爆双脆，而该北方馆竟也不知地厚天高硬敢应这一道菜，结果一定是端上来一盘黑不溜秋的死眉瞪眼的东西，一看就不起眼儿，入口也嚼不烂，令人败兴。就是在北平东兴楼或致美斋，爆双脆也是称量手艺的菜，力巴头二把刀是不敢动的。

所谓双脆，是鸡胗和羊肚儿，两样东西旺火爆炒，炒出来红白相间，样子漂亮，吃在嘴里韧中带脆，咀嚼之际自己都能听到咯吱咯吱地响。鸡胗易得，捡肥大者去里，所谓去里就是把附在上面的一层厚皮去掉。我们

爆双脆

平常在山东馆子叫“清炸胗”，总是附带关照茶房一声：“要去里儿！”即因去了里儿才能嫩。一般人不知去里，嚼起来要吐核儿，不是味道。肚子是羊肚儿，而且是厚肥的肚领，而且是剥皮的肚仁儿，这才够资格成为一脆。求羊肚儿而不可得，猪肚儿代替，那就逊色多了。鸡胗和肚子都要先用刀划横竖痕，越细越好，目的是使油容易渗透而热力迅速侵入，因为这道菜纯粹是靠火候。两样东西不能一起过油炒。鸡胗需时稍久，要先下锅，羊肚儿若是一起下锅，结果不是肚子老了就是鸡胗不够熟。这两样东西下锅爆炒勾汁，来不及用铲子翻动，必须端起锅来把锅里的东西抛向半空中打个滚再落下来，液体固体一起颠起，连颠三五下子，熟了。这不是特技表演，这是火候必需的功夫。在旺火熊熊之前，热油泼溅之际，把那本身好几斤重的铁锅只手要那两下子，没有一点手艺行吗？难怪此地山东馆，不敢轻易试做爆双脆，一来材料不齐，二来高手难得。

谈到这里，想到北平的爆肚儿。

肚儿是羊肚儿，口北的绵羊又肥又大，羊胃有好几部分：散淡、葫芦、肚板儿、肚领儿，以肚领儿为最厚实。馆子里卖的爆肚儿以肚领儿为限，而且是剥了皮的，所以称之为肚仁儿。爆肚仁儿有三种做法：盐爆、油爆、汤爆。盐爆不勾芡粉，只加一些芫荽梗、葱花，清清爽爽。油爆要勾大量芡粉，黏黏糊糊。汤爆则是清汤氽煮，完全本味，蘸卤虾油吃。三种吃法各有妙处。记得从前在外留学时，想吃的家乡菜以爆肚儿为第一。后来回到北平，东车站一下车，时已过午，料想家中午饭已毕，乃把行李寄存车站，步行到煤市街致美斋独自小酌，一口气叫了三个爆肚儿，盐爆、油爆、汤爆，吃得我牙根清酸。然后一个清油饼，一碗烩两鸡丝，酒足饭饱，大摇大摆还家。生平快意之餐，隔五十余年犹不能忘。

烩银丝也很可口。煮烂了的肚板儿切成细丝，烩出来颜色雪白。煮前一定要洗得干净才成。在家里自己煮羊肚儿也并不难。除去草芽之后用盐巴用力翻来翻去地搓，就可以搓得雪白，而且可以除去膻气。整个羊胃，一律切丝，宽汤慢煮，煮烂为止。

东安市场及庙会等处都有卖爆肚儿的摊子，以水爆为限，而且草芽未除，煮出来乌黑一团，虽然也很香脆，只能算是平民食物。

锅 巴

抗战时期后方餐馆有一道菜名为“轰炸东京”，实在就是虾仁锅巴汤。侍者一手端着一大碗油炸锅巴，一手端着一小碗烩虾仁，锅巴放在桌上之后立即把烩虾仁浇上去，刺啦一声响，食客大悦，认为这一声响仿佛就是东京被轰炸了，心里一高兴，食欲顿开。有人说这个菜名取得无聊，取快一时，形同儿戏。也有人说，抗战时期一切都该与抗战有关，与抗战无关的东西也要加上与抗战有关的名义。这虾仁锅巴汤，命名为轰炸东京，可以提高士气，有什么不好？难道你不想轰炸东京吗？听说后来我们以德报怨结束抗战之后，还有人一度改轰炸东京为轰炸莫斯科呢。这且不谈。

锅巴一定要炸得滚烫，烩虾仁要同时做好，趁热上桌。厨房和食桌不能距离太远，侍者不能迈方步，要争取时间，否则烩虾仁浇上去闷无声响，那就很泄气了，事实上泄气的场面较为常见。

锅巴，一称锅底饭。北人煮米半熟辄捞出置笼屉中蒸而食之，无所谓锅巴。南人率皆用锅煮米至熟为止，因此锅底有一层焦饭。焦饭特别香。《南史·潘综传》：“宋初，吴郡人陈遗，少为郡吏，母好食锅底饭。遗在役，恒带一囊，每煮食，辄录其焦以奉母。”以焦饭奉母，人称为纯孝。锅巴本身确是别有滋味，不必油炸。现在店肆出售的锅巴乃大量制造，雪白的，炸得酥脆，包装起来当作一种零食点心，非复往昔之铛底饭了。

锅巴汤不一定要浇以烩虾仁，以我所知，口蘑锅巴汤味乃更胜一筹。所谓口蘑是指张家口一带出产的蘑菇，形状与味道和香蕈、冬菇不同。有人说，蒙古人吃牛羊肉，剩下的汤汤水水泼在树根朽木上，长出来的菌类便是口蘑，味道当然不同。但是也有人说，口蘑是牛马粪溺滋养出来的。果如后说，口蘑岂非类似北平俗语所谓的“狗尿苔”？我相信口蘑还是人工

锅巴

培植出来的，上什么肥料就不得而知了。口蘑有大有小，愈小味愈浓，顶小的一种号称口蘑丁，大小略如纽扣，细小齐整，上面还带着一层白霜，美观极了。抗战前夕，平绥路局长以专车邀我们几个学界的朋友（有顾毓琇、吴景超夫妇、庄前鼎、杨伯屏及下走）游大同云冈，归途经张家口小停，我以三十余元买了半斤上好的道地的口蘑丁，那时候三十余元就是小学教师一月的薪给。蘑菇丁很容易发开，用以制口蘑锅巴汤或打卤做汤面都是无上妙品。

时下常吃到的虾仁锅巴汤，往往锅巴既不够脆，虾仁复加大量番茄酱，稠糊糊的一大碗，根本不像汤，样子恶劣。此地无口蘑，从外国来的朋友偶尔带一包口蘑相赠，相当珍贵，但还不是口蘑丁，而且附带着的细沙，洗十次八次也洗不干净，吃到嘴里牙碜，味道也不够浓厚。

满汉细点

北平的点心店叫作“饽饽铺”。都有一座细木雕花的门脸儿，吊着几个木牌，上面写着“满汉细点”什么的。可是饽饽都藏在里面几个大盒子、大柜子里，并不展示在外，而且也没有什么货品价格表之类的东西。进得铺内，只觉得干干净净，空空洞洞，香味扑鼻。

满汉细点，究竟何者为“满”何者为“汉”，现已分辨不清。至少从名称看来，“萨其马”该是满洲点心。我请教过满洲旗人，据告萨其马是满文的蜜甜之意，我想大概是的。这东西是油炸黄米面条，像蜜供似的，但是很细很细，加上蜜拌匀，压成扁扁的一大块，上面撒上白糖和染红了的白糖，再加上一层青丝红丝，然后切成方形的块块。很甜，很软和，但是很好吃。如今全国各处无不制售萨其马，块头太大太厚，面条太粗太硬，蜜太少，名存实亡，全不对劲。

“蜂糕”也是北平特产，有黄白两种，味道是一样的。是用糯米粉调制蒸成，呈微细蜂窝状，故名。质极松软，微黏，与甜面包大异其趣。内羼少许核桃仁，外裹以薄薄的豆腐皮以防粘着蒸器。蒸热再吃尤妙，最宜病后。

花糕、月饼是秋季应时食品。北方的“翻毛月饼”，并不优于江南的月饼，更与广式月饼不能相比，不过其中有一种山楂馅的翻毛月饼，薄薄的小小的，我认为风味很好，别处所无。大抵月饼不宜过甜，不宜太厚，山楂馅带有酸味，故不觉其腻。至于花糕，则是北平独有之美点，在秋季始有发售，有粗细两品，有荤素两味。主要的是两片枣泥馅的饼，用模子制成，两片之间夹列胡桃、红枣、松子、缩葡之类的干果，上面盖一个红戳子，贴几片芫荽叶。清李静山《都门汇纂》里有这样一首《竹枝词》：

中秋才过近重阳，又见花糕各处忙。

面夹双层多枣栗，当筵题句傲刘郎。

一般饽饽铺服务周到。我家小园有一架紫藤，花开累累，满树满枝，乃摘少许，洗净，送交饽饽铺代制藤萝饼，鲜花新制，味自不同。又红玫瑰初放（西洋品种肥大而艳，但少香气），亦常摘取花瓣，送交铺中代制玫瑰饼，气味浓馥，不比寻常。

说良心话，北平饼饵除上述几种之外很少有令人怀念的。有人艳称北平的“大八件”“小八件”，实在令人难以苟同。所谓“大八件”无非是油糕、蓼花、大自来红、自来白等等，“小八件”不外是鸡油饼、卷酥、绿豆糕、槽糕之类。自来红、自来白乃是中秋上供的月饼，馅子里面有些冰糖，硬邦邦的，大概只宜于给兔爷儿吃。蓼花甜死人！绿豆糕噎死人！“大八件”“小八件”如果装在盒子里，那盒子也吓人，活像一口小棺材，而木板尚未刨光。若是打个蒲包，就好看得多。

有所谓“缸捞”者，有人写作“干酪”，我不知究竟怎样写法。是圆饼子，中央微凸，边微薄，无馅，上面常撒上几许桂花，故称“桂花缸捞”。探视妇人产后，常携此为馈赠。此物松软合度，味道颇佳，我一向喜欢吃。后来听一位在外乡开点心铺的亲戚说，此物乃是聚集簸箩里的各种饽饽碎渣加水揉和再行烘制而成。然物美价廉不失为一种好的食品。“薄脆”也不错，又薄又脆，都算是平民食物。

“茯苓饼”其实没有什么好吃，沾光“茯苓”二字。《淮南子》：“千年之松，下有茯苓。”茯苓是一种地下菌，生在山林中松根之下。李时珍说：“盖松之神，灵之气，伏结而成。”无端给它加上神灵色彩，于是乃入药，大概吃了许有什么神奇之效。北平前门大街正明斋所制茯苓饼最负盛名，从前北人南游常携此物馈赠亲友。直到如今，有人从北平出来还带一盒茯苓饼给我，早已脆碎坚硬不堪入口。即使是新鲜的，也不过是飞薄的两片米粉糊烘成的饼，夹以黑糊糊的一些碎糖黑渣而已。

满洲饽饽还有一品叫作“桌张”，俗称“饽饽桌子”，是丧事人家常用的祭礼。半生不熟的白面饼子，稍加一些糖，堆积起来一层层的有好几尺高，放在灵前供